山神討ち
罷免家老 世直し
瓜生颯太
時代小説
二見時代小説文庫
JN067629

山神討ち——罷免家老 世直し帖 4

第一章　さらば酒の友

一

文政四年（一八二一）葉月三日の夕暮れ、来栖左膳は神田相生町にある行きつけの小料理屋、小春にやって来た。

初秋の夕風は爽やかで茜に染まった空が明日の晴天を約束している。鈴虫の鳴き声に迎えられるように左膳は小春の暖簾の前に立った。

箱行灯に灯りが灯され、暖簾が夕風に揺れている。涼し気な浅葱色地に白字で小春と屋号が染め抜かれていた。

暖簾を潜り、店の中に入る。

女将が笑顔で挨拶をした。

小上がりに畳敷が広がり、細長い台がある。客は台の前に座り、飲み食いできるような店構えだ。先客は一人だけで、黙々と杯(さかずき)を傾けている。

左膳は女将に燗酒(かんざけ)を頼んだ。

女将は春代(はるよ)という三十前後の女だ。

瓜実顔(うりざねがお)、雪のような白い肌、目鼻立ちが調った美人である。笑顔になると黒目がちな瞳がくりくりとして引き込まれそうになる。

地味な弁慶縞(べんけいじま)の小袖に身を包み、髪を飾るのは紅色の玉簪(たまかんざし)だけ、化粧気はなく紅を差しているだけだが、匂い立つような色香(いろか)を感じる。

噂では夫に先立たれ、この店は死んだ亭主が営んでいたそうだ。春代は夫の味を守ろうと、奮闘しているのだった。

杯を渡され、

「どうぞ」

春代は蒔絵銚子(まきえちょうし)から酒を注(つ)いだ。

一口飲む。芳醇(ほうじゅん)な香りが鼻孔(びこう)を刺激し、人肌に温まった酒が心地よく咽喉を通る。まだ残暑厳しい折だが、朝夕の風は涼やかで、日暮れ時になると、冷やよりはぬる燗が欲しくなる。

すぐに小鉢が置かれた。

おからが盛られている。

左膳の好物を春代は用意してくれる。人参、牛蒡、葱、それに刻んだ油揚げがありがたい。もちろん、おからにも出汁がよく染み込んでいる。

他に南瓜の煮付と蛸の桜煎りが用意された。蛸の桜煎りとは薄切りにした蛸を出汁や酒、醬油で煮込んだ料理である。薄切りの蛸が桜の花のようで、この名前がついている。南瓜も蛸も初秋の味わいだ。

左膳は酒と肴を楽しんでいる。

来栖左膳、五十を過ぎた初老ながら髪は光沢を放ち肌艶もいい。浅黒く日焼けした面差しは苦み走った男前、紺地無紋の小袖の上からもわかるがっしりとした身体つきだ。箸を持つ手はごつごつとしており、刀を持った方がぴったりとくる。

左膳は一昨年の文政二年（一八一九）の卯月までは出羽国鶴岡藩八万石大峰能登守宗里の江戸家老を務めていた。その年の正月、宗里は家督を継いで新藩主となったのだが、身贔屓がひどくお気に入りの家臣を登用し、耳障りな意見を具申する者を遠ざけた。

家中に不満の声が高まり、左膳は諫言をした。結果、宗里に江戸家老職を罷免される。宗里は家中に留まることは許す、と恩着せがましく言ったが、左膳はそれを良しとせず、大峰家を去った。

以来、江戸藩邸に出入りしていた傘問屋鈿女屋(うずめや)の世話で神田佐久間町(さくまちょう)の一軒家に傘張りを生業(なりわい)として、息子兵部(ひょうぶ)、娘美鈴(みすず)と暮らしている。妻照江(てるえ)は四年前、病で亡くしていた。

ふと、横に座る先客に視線を向ける。この一月(ひとつき)程、見かける。

小銀杏(こいちょう)に結った髷(まげ)、縞柄(しまがら)の小袖を着流し、巻き羽織という形(なり)からすると八丁堀(はっちょうぼり)同心だろう。歳の頃は三十半ば、角張った顔つきは近づき難い印象だが、たまに春代と交(か)わす際に浮かべる笑顔には親しみを覚える。

顔を合わせると、黙礼を交わす程度であるが、それだけでしっかりした男だとわかる。

暮れ六つの鐘が鳴り、五人の客が入って来た。俄(にわ)かに忙しくなり、八丁堀同心は酒の替わりを頼む機会を逸(いっ)した。

「繋(つな)ぎにいかがですか」

自然と左膳は自分の徳利(とっくり)を男に向けた。

男は一瞬、きょとんとしたが、

「あ、いえ、お気遣いなく」

と、遠慮した。

「まあ、よいではありませぬか。酒飲み同士、待つ身の辛さはよくわかります」

左膳は繰り返した。

「では……」

一礼し、男はお猪口で左膳の酌を受けた。

酒に満たされたお猪口を傾けると男は沁みとおるような笑顔を浮かべた。

程なくして男のお燗がつけられた徳利も届いた。すると、彼はお返しです、と左膳に徳利を向けた。

こうなると、酒飲み同士、取ったり、取られたりを繰り返し、ほろ酔いになって会話も弾んだ。このところ、お見かけしますな、という左膳の言葉に、

「北町の藤堂正二郎と申します」

と、名乗った。

左膳も素性を明かした。

「来栖殿、とおっしゃると……出羽鶴岡藩大峰能登守さまの江戸家老であられた……いや、かねがね、ご高名は耳にしております」

藤堂は恐縮した。

「ただの傘張り浪人です」

左膳は世間話に話題を転じた。

これがきっかけとなり、左膳は藤堂と顔を合わせると一緒に飲むようになった。藤堂は酒が入っても目元がほんのりと赤らむばかりで、乱れることはない。やり取りが酒の進み具合にうまく合っている。酒の友にはまたとない男であった。暖簾を潜ると、まず藤堂の姿を探し、いないと席に落ち着いてから、戸が開くたびに藤堂の来店を期待した。

それがここ数日見かけない。

中秋の名月が過ぎた十八日の夕暮れ、左膳は一人で飲んでいる。

手持無沙汰となっていると、

「お寂しいですね」

春代が声をかけてきた。

「いや、そんなことはない」

憮然と左膳は返す。

左膳は黙々とお猪口を重ねた。

すると、戸が開いた。

がたん、という不快な音が耳を汚す。

乱暴で無遠慮な様子からして酔っ払いであろう。一瞬にして左膳は酔いが醒めた。

内心で舌打ちをして春代に酒の替わりを頼んだ。

「待ち人来る、ですよ」

春代が声をかけた。

おやっと思って戸口に視線を向けると、

「おお、来栖殿、やっていらっしゃいますな」

藤堂が右手を挙げた。

意外にも藤堂は酔っている。呂律が怪しくなっていた。何か祝い事でもあったのだろうか。

「これは……ご機嫌ですな」

左膳は笑顔を返した。

「いや、来栖殿と一献傾けられるのはまことにうれしい。女将、じゃんじゃん酒を出してくれ。今宵はわたしの奢りだ」

藤堂らしくない浮かれようだ。それでも、藤堂の気の昂りに水を差すのもなんだ、と特には注意をしなかった。

左膳の横に座ると藤堂はいつになく饒舌になって市中で耳にした噂話を面白おかしく語り、春代の笑いも誘った。また、捕物での失敗談までも披露してくれた。いつもの、静かなやり取りで終始し、ゆっくりと流れる時の心地よさとは程遠いが、偶にはこんな夜があってもよい。

藤堂の話が途切れたところで、

「何か祝い事でもありましたかな」

と、左膳は徳利を向けながら問いかけた。

一瞬、藤堂の表情が強張った。悪い事を訊いたか。ひょっとして、大きな失敗をしたのか、それとも嫌な思いをしての自棄酒であろうか。

が、左膳の心配を打ち消すように藤堂はにこやかな表情を浮かべ、

「そうです。喜ばしいことがあったのです」

と、返した。

すると、

「まあ、どんなことですの。お聞きしたいですわ」

春代が割り込んだ。

藤堂は笑みを深め、

「懸案となっておった事が落着したのさ。まあ、肩の荷が下りたってことだな」

と、猪口に視線を落とした。

その横顔は言葉とは裏腹に憂いを帯びていた。

「あいにく、十手御用ゆえ、具体的な中味までは話せぬのだがな」

藤堂は腰の十手を抜いた。

八間行灯の灯りを弾き、鈍い煌めきを放った十手は八丁堀同心としての藤堂正二郎を表しているようであった。

「良かったですな」

左膳は祝いの言葉を向けた。

藤堂は一礼してから、酒を飲み、

「ならば、これで」

と、腰を上げた。

左膳の分も支払う、と藤堂は春代に金一分を受け取らせた。こんなには貰い過ぎだと春代は躊躇ったが、

「偶にはいい格好をさせてくれ」
言い置いて店を出て行った。

春代は藤堂を見送って戻って来た。

「藤堂さん、ご機嫌でしたね」

春代は言った。

「そうだったな」

左膳が返すと、

「あら、いけない」

と、春代は甲走(かんばし)った声を発した。

左膳が視線を向けると、

「藤堂さん、十手を忘れていかれましたわ」

春代は藤堂が座っていた席に置かれたままの十手を取った。

「大事な十手を……」

春代は追いかけようとしたが、

「もう、遅い。なに、わしが明朝、北の奉行所に届けてやろう」

左膳は請け負った。

「そりゃ、ありがたいですわ。女が十手を持ってゆくのもねえ」

春代は十手を左膳に渡した。

左膳は受け取り、帯に差した。

嫌な予感がした。

今夜の藤堂は酒に呑まれていた。本人は厄介事が解決できたと喜んでいたが、果たしてそうであったのだろうか。

「さて、わしも引き上げるか」

左膳は腰を上げた。

「貰い過ぎてしまいましたよ」

申し訳なさそうに春代は言った。

「ならば、次の飲み代から引けばよかろう」

左膳が言うと、

「そうですね」

春代は首を縦に振った。

明り取りの窓から覗く空は、月はないが星が瞬いている。今夜は居待月、月の出には時がかかる。

二

明くる十九日の朝、左膳は北町奉行所を訪れた。

二日酔いとまではいかないが、酒が残っている。頭がぼうっとしていたが、奉行所の長屋門を見るとしゃきっとなった。

今月は北町が月番のようで、長屋門は開かれていた。南北町奉行所は一月交代で町人からの訴訟を受け付ける。

左膳は長屋門を潜り、右手に構えられた同心詰所に足を向けた。

開け放たれた戸口に立ち、中を見る。土間に縁台が並べられただけの殺風景な空間が広がっている。定町廻りや臨時廻り同心の情報交換や憩いの場であった。

藤堂はまだ出仕していないようだ。

すると、一人の年配の同心が左膳に気づき歩み寄って来た。

「何か……」

相手は値踏みするように左膳を見た。

左膳は名乗ってから、

「藤堂殿に用がござる」

敢えて十手を届けに来た、とは言わなかった。藤堂の恥だからだ。

すると、

「藤堂は職を辞しましてな」

答えてから男は河野半兵衛（こうのはんべえ）ですと、名乗った。

「お辞めになった……」

懸案となっていた一件が落着した、肩の荷が下りた、とは同心を辞することであったのか。

意外な気持ちに包まれながらも、

「何故ですか」

と、河野に問いかけた。

「一身上の都合です」

紋切（もんき）り口調で河野は言った。訳は知らせたくない、ということなのだろう。

「では」

一方的に話を打ち切り、河野は左膳の前から立ち去った。

十手をどうしようか。

よし、八丁堀の組屋敷を訪ねよう、と左膳は同心詰所を出た。

すると、

「失礼ですが」

背後から呼び止められた。

振り返ると若い同心が立っている。歳は二十歳を過ぎたばかり、少年の名残を留めた純情そうな若者だ。

左膳は黙って若者を見返す。

「わたしは近藤銀之助と申します。見習いの身です」

近藤は丁寧な挨拶をした。

左膳も名乗る。

「来栖殿は藤堂さんとどのような間柄なのですか」

問いかけてから立ち入ったことですが、と申し訳なさそうに近藤は言い添えた。

「間柄と申す程ではない。酒の友とでも申すべきか……馴染みの小料理屋で顔が合えば一緒に飲むだけの仲でござる」

答えながら左膳は、そんな友こそが貴重なのだと思った。

すると、

「ああ、あの来栖殿でしたか」

近藤は破顔した。

左膳が訝しんだところで、

「藤堂さんから聞いたことがあるのです。雰囲気の良い店で武士らしい武士、といったお方と酒を酌み交わしている、と。それが至福のひと時である、とも」

語ってから近藤は、自分はまだ歳若く、見習いの身であるから、お供はできませんが、と言い、

「手柄を立てたら……初手柄を立てた時に連れていってやる、と藤堂さんは約束してくれたのです」

「そうか……」

左膳はうなずいた。

藤堂も左膳と酒を酌み交わすことに喜びを感じていると聞き、うれしくなった。もちろん、飲んでいる様子から藤堂も楽しんでいることはわかっていたが、第三者の口から耳にすると藤堂への好意が募り、職を辞したことへの心配が胸をつく。

「藤堂殿とは昨夜も一献傾けたのだが……まさか、八丁堀同心の職を辞される、とは。そんな素振りなどなかったゆえ、いささか驚いた。もっとも、酒の席ではお互いの仕

事、身内の話などしていなかったのだが……ああ、そうだ。昨夜は珍しく八丁堀同心の仕事ぶりを藤堂殿は話されたな」

左膳が心配だと言い添えると、近藤は迷う風であったが、

「申し訳ございません、この先の稲荷で待っていて頂けませぬか」

近藤は藤堂辞職に伴う話を語ってくれるようだ。

「承知した」

左膳は近藤に指定された稲荷を目指した。

待つ程もなく、近藤がやって来た。

「すみません、御多忙のところ」

悪気はないのだろうが近藤の言葉は、浪人の身の左膳には皮肉に聞こえてしまった。

左膳は近藤の言葉を待った。

「藤堂さんが辞めた一件ですが、わたしは悔しくてならないのです」

近藤は唇を嚙んだ。

純情な若者らしい率直な物言いだ。

「理不尽なことがあるのかな」

受け入れるように左膳は表情を柔らかにした。

「藤堂さんは辞めさせられたのです。関わってはならない一件に深入りをしたからです」

近藤の顔に憤怒と悲しみが入り混じった。

「それは……」

嫌でも興味とそれ以上に藤堂の身が案じられる。

「榛名金山講なのです」

近藤は空を見上げた。

どんよりとした分厚い雲が黒ずんでいる。早朝は晴天であったが、見る間に天気は崩れそうになった。風が強くなり、湿り気を帯びていた。今夕には雨になろう。夜には嵐がやって来そうだ。

「聞いたことがありますな。なんでも上州の榛名山の奥深くで金鉱が見つかったのだとか」

左膳は言った。

上野国の榛名山の奥深くで金の鉱脈が発見された。それに伴い、一年前に講が結成された。金の鉱脈を掘り当て、金山を運営するための開発資金を募る講である。噂では佐渡金山にも劣らぬ産出量になりそうということで、出資する者が大勢いるそうだ。

もっとも、金だの銀だのに淡泊な左膳は関心を示していない。

「その榛名金山講について、藤堂さんは不審を抱き、探索に当たっていたんです」

近藤は続けた。

「それが、どうして辞職に」

左膳は首を捻った。

「詳しいことはわかりません。できれば、藤堂さんから聞いて頂けませぬか」

近藤は頼んだ。

十手を預かっているから、藤堂に返そうと思っていたところだ。藤堂も十手を奉行所に返上することになろうが、藤堂の手からなされなければならない。

「承知した。藤堂殿を訪ねよう」

左膳は言った。

「よろしくお願い致します。すみません、曖昧なことしか申せなくて」

近藤は頭を下げた。

近藤と別れ、八丁堀の組屋敷を訪ねた。所在地は近藤から聞いてあった。八丁堀一帯は南北町奉行所の与力、同心の組屋敷が軒を連ねている。与力は三百坪、同心は百坪の敷地であった。どちらの屋敷も敷地内を貸していることが珍しくはない。診療所、学問所などが開かれている。町奉行所の与力、同心の屋敷街とあって治安が行き届いている、との安心感があるのだ。

藤堂の組屋敷の木戸門を潜ると母屋の格子戸を叩き、

「御免」

と、声をかけた。

すぐに女の声が返され格子戸が開く。

女が現れた。年格好からして藤堂の女房であろう。

「藤堂殿はご在宅ですか」

「御奉行所に出仕しておりますが……」

困惑気味に女房は答えた。

「出仕……」

思わず、問い直した。

「はい……本日は非番ではありませんので」

女房は小首を傾げた。

藤堂は職を辞したことを女房に告げていないようだ。

「あ、そうでしたな。うっかりしておりました」

左膳は詫びてから素性を明かした。

「来栖さま……主人が帰りましたらご来訪を伝えます。何か伝言がありましょうか」

女房は、美和と名乗った。

「いえ、特には」

左膳は一礼して藤堂の組屋敷を立ち去った。

職を辞したことを藤堂は女房に話していない。話し辛いのであろう。気持ちはわからなくもない。

「この十手、どうするか」

腰の十手に手をやった。

小春に顔を出すことを期待するか。

胸に大きなわだかまりを抱きながら八丁堀を歩いた。空には暗雲が立ち込めている。

風も強くなってきた。

やはり、嵐が襲来しそうである。なんとも言えぬ嫌な予感に囚(とら)われた。

三

その頃、左膳の息子、兵部は自分が営む剣術道場にいた。

左膳が傘を納める傘屋の鈿女屋が用意してくれた神田明神下(みょうじんした)にある一軒家だ。来栖天心流(てんしんりゅう)を指南しているのだが、道場経営は楽ではない。

来栖天心流という江戸では聞きなれない流派であるのもさることながら、兵部の稽古が厳し過ぎ、せっかく入門しても数日と保(も)たずに辞めてゆくのだ。

兵部は狭い場所で威力(いりょく)を発揮する来栖天心流に不満を抱(いだ)き、大胆に剣を振るう剛剣(ごうけん)に取り組んでいる。

道場破りなどもやって来る。大抵の道場が適当な路銀(ろぎん)を渡して帰ってもらうのに、兵部は腕が試せる好機だし、様々な流派の剣を知ることができると歓迎し、遠慮なく打ちのめしてしまう。

そんな融通(ゆうずう)のなさも道場の門人が増えない原因だった。

二十六歳、六尺近い長身は道着の上からもがっしりとした身体つきだとわかる。肩は盛り上がり、胸板は厚く、首は太い。面長で頬骨の張った顔は眼光鋭い。眦を決して稽古に勤しむ姿は、剣を極めようという求道者の如きであった。

しかしそんな兵部の道場にも門人が居つくようになった。大家である鈿女屋の主人、次郎右衛門から紹介された者たちだ。いずれも町人である。江戸では、面、籠手、胴といった防具を身に着けて稽古をする中西派一刀流や直心影流の道場が隆盛を極めている。防具、竹刀での剣術稽古とあって町人たちも敷居が低く感じられ、入門者が増えているのだ。

そうした剣術好きの町人を次郎右衛門が斡旋してくれ、兵部も町人相手に剣を極める気負いもなく指導できるとあって、門人を抱える道場主となっているのだ。

嵐が到来しそうだということで早めに切り上げることにした。

門人を帰したところで次郎右衛門がやって来た。左膳を訪ねたが留守だと言っていた。

「おまえも、早く帰った方がいいぞ。この嵐、大きそうだ」

空を見上げ、兵部は言った。

「さようですな。嵐には傘も役立ちませぬ」

次郎右衛門は肩をすくめた。

「そなたのお陰で門人も増えた」

兵部が感謝すると、

「町人相手の稽古では、本意ではないでしょうが、これも、世渡りですのでな」

次郎右衛門はにこやかに返した。

その時、雨が降り出した。

「いやいや、おれも学ぶことは多いぞ……雨だな。当分止まないと思うが、ま、とりあえず雨宿りをしてゆけ」

兵部は次郎右衛門と共に道場に隣接した小部屋に入った。着替えに使用する殺風景な八畳間だ。

向かい合わせに座ったところで、

「なんと、世辞までおっしゃるようになりましたか」

次郎右衛門は笑った。

「世辞ではない。町人たちに剣の手ほどきをしておるとな、剣の基礎を改めて学ぶことになるのだ。基本に立ち返ることで自分の剣を見直すことができる」

真顔で兵部は言った。

「そうおっしゃって頂ければ手前も紹介のし甲斐があるというものでございます」

次郎右衛門は笑顔になった。

「もちろん、稽古料も大いに役立っておるぞ」

兵部は言い添えた。

「兵部さまは金儲けなど汚らわしいとお考えなのでしょうな」

次郎右衛門は肩をすくめた。

「汚らわしいとは思わぬ。生きてゆくには銭金は不可欠だからな。ただ、過ぎたる銭金は人を変える。銭金は使うものであるが、銭金に使われるようになる、そうなっては堕落するな」

兵部は持論を展開した。

「ごもっともと存じますな。では、お勧めはしませぬ」

次郎右衛門は言った。

「何か勧めたい金儲けがあるのか」

兵部は訊いた。

「金儲けとまではいきませぬが、榛名金山講をご存じですか」

次郎右衛門は問い直した。

「耳にしたことはあるな。上州の榛名山の奥から金が発掘された、とか」

感心なさそうに兵部は顎を掻いた。

「そうなのですよ。それで、講がありましてな、これがいいのですよ。榛名金山講は損をしない仕組みを作っておるのです」

次郎右衛門は言った。

「どんな……」

「榛名金山講は金山が運営された暁には出資金の倍を戻す、と約束しているのです」

「ふ〜ん」

疑わしそうに兵部は唸った。

「本当なのですよ」

心外そうに次郎右衛門は声を大きくした。

「金の鉱脈が見つからなかったらどうなるのだ。出資金は溝に捨てたようなものではないか」

兵部は疑問を呈した。

「それがです」

次郎右衛門はにんまりとした。

兵部は首を傾げた。

「出資金はですな、保証されておるのですよ」

「保証だと」

益々疑わしそうに兵部は眉をひそめた。

「出資金に応じて、現物の金をくれるのです」

次郎右衛門は言った。

「金の現物か」

「分銅金か砂金です」

次郎右衛門は言った。

「なるほど、それでは損をする恐れはないな……いや、待てよ。その分銅金や砂金、よもや贋物ではなかろうな」

兵部の勘繰りに、

「両替屋が保証する正真正銘の代物でございます」

次郎右衛門は強調した。

「となると、榛名金山講……大丈夫なのか。出資金に応じた分銅金、砂金を講に入った者に渡して……」

兵部は危惧の念を示した。

「榛名金山講は、金山が開かれれば莫大な利が得られるのです。佐渡の金山にも劣らない金が眠っておるのです」

次郎右衛門は言った。

「それはそうだろうが……榛名山は榛名藩にあるのだろう。榛名藩主高野備前守（たかのびぜんのかみ）といえば老中ではないか。老中の領地内で金山が発見され、採掘されておるということは、公儀が関わっておるのか。それならば、出資しようと信用されるのはわかるが」

兵部は確かめた。

「いえ、高野さまとも御公儀とも無関係で独自に講が運営されておるのです。講を営むのは山師（やまし）の犬養宝山（いぬかいほうざん）さまというお方です」

「公儀はともかく、高野備前守が無関係ということはあるまい。自分の領地内で採掘作業がなされておるのだぞ。知らぬ顔などしておれぬだろう」

「そうですな、その辺のことはよくわかりませぬが……もちろん、榛名金山講は高野さまのお許しを得て採掘を進めておると思います。ただ、費用は榛名金山講が独自で……つまり、榛名金山講の御師（おし）が入講者を募り、集めた出資金で営まれておるのです」

次郎右衛門は話してから改まった様子で、

「興味がございましたら、兵部さまも榛名金山講に入られたらいかがでしょうか」

と、勧めた。

榛名山といえば榛名神社が有名で榛名講として信仰が広まっている。榛名金山講は榛名講を意識し、建前は採掘現場の山に棲む山神の信仰を広めるということにしているため、使いの者を御師と称しているそうだ。

「おれはいいよ」

右手をひらひらと振り、即座に兵部は拒絶した。

「兵部さまらしいですね」

次郎右衛門は笑みを浮かべた。

「おれらしいとは金に無頓着(むとんちゃく)ということか」

「美点です。武士たるものは金に執着すべきではないと思いますが、それにしましても、儲かる話を見逃す手はないと存じますがな……」

残念そうに次郎右衛門は言葉尻を濁した。

「いや、おれはよい」

乗り気でないことを示すように兵部は顎を掻いた。

「そうですか、まあ、無理にはお勧めしません。実を申しますと、手前、とんだ欲をかいておったのです」

反省するように次郎右衛門は頭を下げた。

「どうしたのだ」

兵部が訝しむと、

「申し訳ございません。兵部さまを講に入れようと勧めましたのは、手前の欲でございます。兵部さま相手に無粋なことで」

反省しきりとなって次郎右衛門が語るところによると、榛名金山講は百両以上出資した者には、御師でなくとも入講者を募ることができる。そして講に入った者の出資金の三割が謝礼金として戻されるのだそうだ。

「そんなことがありましたので、つい兵部さまを誘ったのですが、やはり、兵部さまはご興味を示されなかった、いや、ほんと、自分の欲で入講を勧めてしまいました。まったく、なっておりませんな」

恥じ入るように次郎右衛門はぺこぺこと頭を下げた。

「おまえは正直者だ。人の悪い男なら、謝礼のことなど素振りも見せずに、執拗におれを誘っただろう」

兵部は気にするな、と次郎右衛門に告げた。

「畏(おそ)れ入ります」

次郎右衛門は深々と頭を下げる。

「それにしましても、よく降りますな」

屋根瓦を打つ雨音に耳を澄ませながら、次郎右衛門は頭上を見上げた。

「まったくだ。嵐の時節ゆえな」

と、応じてから、

「その榛名金山講、いつ頃に金鉱が開かれるのだ。あ、いや、儲けようとは思わぬぞ」

兵部は言った。

「来年の春にはできるのではないか、との見通しが伝わってきました」

次郎右衛門が言うには、毎月二回犬養宝山は、金山の採掘状況を絵図入りでわかりやすく書いた報告書を、御師を通じて配っているのだそうだ。

その報告によると、来年春には金山が開かれる。佐渡金山にも劣らぬ産出量が見込めると華々しく記されているとか。

「そうか、そりゃ、めでたいことだがな。金山など掘り尽くしてしまったのだと、思ったが」

兵部は言った。

「手前もそう思っておったのですが、犬養さまは見事に鉱脈を見つけられたのですな」

次郎右衛門は言った。

「その山師の犬養宝山とは何者なのだ」

兵部は訝しんだ。

「ご先祖は武田家のお抱え山師であったそうですよ」

次郎右衛門は言った。

「武田家とは武田信玄の武田家か」

兵部の問いかけに次郎右衛門はうなずき、

「兵部さまもご存じとは思いますが、戦国の世の英傑、武田信玄公は風林火山の旗印の下、精強なる軍勢を調え、周辺の国々を征せられました。越後の上杉謙信公との川中島の戦いは数多の合戦の中でもひときわ名勝負との評判でござります。信玄公は軍勢を二手に分け、別働隊を上杉勢が陣を構える妻女山に向け、背後から急襲、残る本隊を信玄公が率いられて八幡原に陣を構え、妻女山を追い落とされた上杉勢を迎え撃つ……これぞ、軍師山本勘助（やまもとかんすけ）立案の啄木鳥（きつつき）戦法、一方上杉勢は……」

興（きょう）に乗って次郎右衛門の口調が熱を帯びたところで、

「おいおい、川中島の戦いの話はよい。それより、犬養の先祖は武田家に仕えておったのだな」

兵部は話題を戻した。

「ああ、そうでしたな」と次郎右衛門は恥じ入るように一礼してから、

「犬養さまのご先祖は信玄公の山師としまして、甲斐（かい）の金山の採掘、運営をなさったのです。武田勢が強かったのは甲斐の金山から採掘された豊富な金のお陰と言っても過言ではありません。よく知られたことですな」

「それはおれも存じておる。武田家が、信玄公が亡くなって後、勝頼（かつより）公の代で滅びの道を辿（たど）ったのは金山を掘り尽くしたことが大きい、とも聞いておる。それが、武田家が滅亡してから二百四十年を経て、今頃金山というのはなあ」

兵部は疑いの目を向けた。

次郎右衛門は右手を横に振って、

「兵部さまのお疑いごもっともと存じます。しかし、榛名山は上野（こうずけ）です」

と、説明を加えた。

信玄を継いだ勝頼は信玄の領国を拡大させた。小田原北条氏と渡り合い、上野の西半分を傘下に治めた。

「勝頼公が上野を領国となさったのは上野に金の鉱脈がある、という山師から報告があったからですよ」

訳知り顔で次郎右衛門は言った。

「ふ〜ん」

兵部は無精髭が伸びた顎を指で掻いた。

構わず、次郎右衛門は続けた。

「初代犬養宝山さまは関東、奥羽の山という山を調べ上げて鉱脈を記した門外不出の絵図面を作ったそうです」

その絵図面は、武田家滅亡によって焼失した、と思われていた。しかし、初代犬養宝山は甲斐を逃れ、出羽の羽黒山に隠棲した。

その後、世の移り変わりを見届けながら、犬養家は山伏となって血脈を伝えてきた。

それが、十三代犬養宝山となり、門外不出の絵図面が明らかとなった。

「二年前に出羽を襲った嵐で犬養さまの御家の蔵が崩れ、蔵の天井裏から絵図面が見つかったのです」

次郎右衛門は言った。

「なるほど、ありそうな話だな」

眉唾ものの話だと兵部は疑ったが、

「さようでございますとも」

次郎右衛門は信じきっている。

それを見ると水を差すのも気が引け、

「まあ、火傷しないようにな」

忠告するに留めた。

「はい」

短く次郎右衛門は答えた。

「それで、榛名金山講にはどのくらいの加入者がいるのだ」

兵部が問いかけると、

「ざっと、三千人です」

と、次郎右衛門は答えてから、

「町人だけではなく、お武家さまもお坊さまもおられます」

武士や僧侶の中には多額の出資をしているものの、自分名義ではなく出入り商人の名前で入講している者もいるそうだ。

「ふ～ん、欲に駆られた連中の集まりということだな」

兵部の言葉を聞き、

「すみません」

次郎右衛門は詫びた。

「いや、おまえは商人だ。銭儲けが生業なのだから構わぬが、武士や坊主までが金儲けに走るとは、末世だな」

兵部は笑った。

「まあ、それは」

次郎右衛門は目を伏せた。

「さて、鬱陶しい嵐だ。だが、嵐が過ぎれば晴れるからな」

兵部は大きく伸びをした。

「ごもっともで」

次郎右衛門はうなずいた。

ふと、

「そんなにも有力な金山、よからぬ者が出入りするのではないか。山賊の類がな」

と、兵部が危惧すると、

「それがでござります」

次郎右衛門は声を潜めた。自分と二人しかいないぞ、と兵部は次郎右衛門の秘密めいた態度に内心で噴き出した。

「そんな不届きな輩には山神さまが罰を下すそうなんですよ」

真顔で次郎右衛門は言った。

「山神とは榛名山に棲む神か」

大真面目な次郎右衛門の態度に兵部は頭ごなしに否定はせずに問いかけた。

「詳しくは存じませんが、それは恐ろしい荒神さまだそうで、何人もの山賊が榛名金山講の採掘場近くで命を落としたのだとか」

「雷にでも打たれたのか」

「首や手足を切断される惨たらしい死に様だそうですよ」

次郎右衛門は自分の首を触り、「おそろしや」と呟いた。

「ふ〜ん、触らぬ神に祟りなしだな。雨は止みそうもないな」

兵部は両手を上げ、大きく伸びをした。

「激しくなりそうですな」

嵐の前兆を次郎右衛門は予告した。

四

夕刻、左膳は小春に寄ろうと思ったが嵐の襲来が予想されることから、寄らずにいた。

二十一日の昼、左膳は自宅で傘張りをしている。

神田佐久間町、敷地二百坪の屋敷内には母屋、物置の他に傘張り小屋がある。その名の通り、傘張りに勤しむための小屋で左膳は作業に没頭している。

板葺き屋根、中は小上がりになった二十畳敷が広がっている。戸口を除く三方に格子窓が設けられ、風通しを良くしていた。

初秋とあって風が通らないと作業に支障をきたすのだ。畳敷きには数多の傘骨が転がっていた。

江戸時代以前、頭に被る笠と蓑で雨を凌いでいたが、江戸時代になってから傘を差す習慣が広まった。当初は高級品で庶民の手には届かなかったが時代を経るにしたがって値段が下がる。更に使い古された傘の油紙を剝がし、骨を削って新しい油紙に張り替える、張替傘が出回るようになって庶民の日用品となった。

左膳のような浪人に限らず、台所事情の苦しい武士たちで傘張りを内職とする者は珍しくない。

左膳の張る傘は評判がよく、注文が途切れることはない。連日傘問屋鈿女屋から油紙の破れた古傘が届けられる。

鈿女屋は大峰家に出入りしており、主人の次郎右衛門は左膳を尊敬し、この屋敷を提供してくれたのだった。

嵐が去った後とあって秋空が広がり、当分の間、雨は降りそうもない。

奉公人の長助が手際よく手伝っている。永年に亘り仕える奉公人で年齢不詳の男である。左膳が大峰家を去ってからも、「おら、旦那さまにお仕えしますだ」と居ついている。

娘の美鈴がお茶を運んで来た。

十九歳の娘盛り、薄紅の小袖がよく似合う。瓜実顔は目鼻立ちが整い、武家の娘と相まってとっつきにくそうだが、明朗で気さくな人柄ゆえ、近所の女房たちとも親しんでいる。女房たちは人柄ばかりか美鈴の学識に感心し、子供たちを手習いに通わせていた。美鈴も子供好きとあって、手習いの指導ばかりか、一緒に遊んでもいた。

「ほんと、よい天気ですね。こんな晴れの日に傘張りなんて、なんだか妙ですね」

美鈴は言った。

「仕方あるまい。糊口を凌がねばならぬのだ」

憮然と左膳は返した。

開け放たれた戸口から庭が見通せる。

母屋の縁側に朝顔の鉢植えが並べられ、庭一面に傘が広げられている。新しい油紙を張り、その上から刷毛で薄く油を塗るため、乾燥させているのだ。

浅葱色、紅、紫、紺など、彩り豊かな傘は秋晴れに花が咲き誇っているようだ。界隈では傘張り屋敷、左膳は傘張り先生と呼ばれていた。

蟬の鳴き声すらも、見事な出来の傘を賞賛しているようだ。

「怒らないでください。別に不満を言い立てておるのではないのですから」

美鈴はくすりと笑った。

左膳は黙々と油紙に刷毛で糊を伸ばしてゆく。

美鈴が、

「今、榛名金山講のことが話題になっていますね」

と、話題を変えた。

「榛名金山講……ああ、金山がどうのこうのと」

と、ここまで言ってから藤堂正二郎のことを思い出した。

「評判ですが、なんだか不穏みたいですよ」

美鈴は言った。

「どうしたのだ」

藤堂のことがより一層思い出される。

「なんだか、詐欺じゃないかって、騒がれているようですよ」

美鈴は言った。

「詐欺とは具体的にどういうことなのだ」

ついつい、強い口調で問いかけた。

「それはよくわかりませんわ」

困った顔で美鈴は答えた。

すると、

「失礼します」

と、男の声がかかった。

「ただ今」

美鈴は立ち上がり、来客の応対に向かった。

戸口で美鈴とやりとりをしている男に左膳は視線を向けた。

北町奉行所の同心見習い、近藤銀之助である。近藤の表情は強張っている。それを見ただけで藤堂の身に異変が起きたことが察せられた。

「父上、北町の……」

美鈴が振り向いたところで、

「入られよ」

と、左膳は近藤を迎えた。

近藤は一礼して、左膳の前に正座をした。美鈴は近藤の只ならぬ様子を見て席を外(はず)した方がよかろうと思ったようで傘張り小屋から出ていった。

長助は片隅で傘張りの仕事を続ける。

左膳は黙って近藤に発言を促した。

「藤堂さんが亡くなりました」

悲痛な顔で近藤は言った。

左膳は言葉を返せない。

しかし、驚きはさほどではない。小春でのささやかな宴（うたげ）の際の藤堂の様子からして、この日が左膳の心の片隅にあったのだ。あの夜、藤堂は死への旅立ちの前に左膳と酒を酌み交わしたのだろう。

となると、

「自害されたのか」

左膳は確かめた。

近藤は首を左右に振り、

「殺されたのです」

更なる苦渋（くじゅう）を込め、近藤は言葉を発した。

「なんと……」

意外であった。

長助は作業の手を一瞬止めたが、じきに何事もなかったように続けた。

近藤は話を継いだ。

今朝、藤堂の亡骸（なきがら）は大川（おおかわ）の百本杭（ひゃっぽんぐい）に引っかかっていたのだそうだ。

「う〜む」

左膳は唸った。

悄然（しょうぜん）とした顔で近藤も唸った。

「殺されたのは間違いないのだな」

左膳は念を押した。

「それが……北町では事故、ないし自害だとして処理しました」

北町奉行所は藤堂が嵐の中、大川に身を投げたか足を滑らせて落ちた、と見なしたのだそうだ。

「それが何故、殺しだと」

左膳は近藤を向いた。

「わたしは見逃しませんでした……」

近藤は自分の咽喉を指さした。

「縄の跡があったのです」

近藤の主張を聞き、

「そのこと、北町はどのように判断しておるのでござる」

左膳も訝しんだ。

「嵐の大川とあって、藤堂さんの亡骸はあちらこちらに損傷の跡が見られました。縄の跡も石とか杭とかにぶつかったのだろう、と解釈されたのです」

近藤は訴えかけるかのようだ。

「そんなことはあるまい。首を絞めたと思われる縄の跡は区別がつくのではないか」

左膳は異論を唱えた。

それは北町奉行所を責めるようなものであった。

「おっしゃる通りなのです。しかし、認められませんでした」

声を震わせ、近藤は言った。

「何故」

と、問いかけてから、

「榛名金山講と関わるのですな」

左膳は言い添えた。

「わたしは、そうに違いないと思います」

近藤は目を凝らした。

「藤堂殿は榛名金山講を探っておられたのだったな」

左膳の言葉に、

「榛名金山講は詐欺集団だと藤堂さんはおっしゃっていました」

悔しそうに近藤は唇を震わせた。

「北町は何故、榛名金山講に手出しせぬのだ。ああ、そうだ。榛名金山講には不穏な噂が流布されている、とか」

左膳の問いかけに、

「そうなのです。榛名金山講には取り付け騒ぎが起きているのです」

近藤は言った。

「それは、どんなことでござるか」

左膳は首を捻った。

「榛名金山講の中味をご存じですか」

近藤に確かめられ、左膳は知らないと答えた。実際に無関心である。

近藤は説明してくれた。

来年の春を見込んで上野国榛名山で金山の開発が行われている。行っている榛名金山講の主宰者は犬養宝山という山師で、犬養の下、金山開発に要する資金の調達が行われている。出資者には出資金に応じ、開山の際には倍額が戻されるのだそうだ。

「そんなうまい話、いかにも怪しいではないか」

左膳は眉をひそめた。

「わたしもそう思うのです。ところが榛名金山講の巧みなところは出資金に見合う金の現物、つまり、分銅金とか砂金を出資者に渡すところです。これですと、金の鉱脈が掘り当てられなくても入講して出資した者が損をすることはないのです。そうやって、榛名金山講は金を集めておりました」

近藤の説明に、

「なるほど、それなら講に入るかどうかを迷っておる者も入ろうとするな。もっとも、わしは入らぬが」

左膳は言った。

近藤はうなずいた。

ふと、

「しかし、それがどうして取り付け騒ぎとなったのだ」

と、疑問を投げかけた。

「そこなのです。更に榛名金山講が巧みなのは、預かった金の扱いなのです」

近藤は声を大きくした。

榛名金山講では、出資金と同価値の分銅金、砂金が入講者に用意される。

「しかし、その際、預かり証を発行するのです」

「預かり証とは」

　左膳は不穏なものを感じた。

「榛名金山講が講に入った者の分銅金、砂金を預かる証文です」

「どうして出資した者が榛名金山講に預けるのだ」

　左膳の疑問に、

「現物で金を持っているのは不用心だと榛名金山講の御師が持ちかけるのです」

　大店の商人でもない限り、ほとんどの庶民は金を保管しておく土蔵などは持っていない。長屋暮らしの町人たちはまとまった金の現物など持っていては、ろくろく眠ることもできない。そこで、榛名金山講は預かり証文を手渡し、出資金に応じた分銅金ないし砂金を預かる、ということを勧めていたのだった。

　預かり証を持参すればいつでも換金に応じる、ということも謳っていた。

「それが、このところ、預かり証を持参しても換金に応じてくれない、という評判が立ち始めたのです」

　近藤は言った。

「応じないというのは約定違反ではないか」

　左膳は目をむいた。

「その通りなのです。それゆえ、榛名金山講に対する不平不満が噴出しております」

近藤は声を上ずらせた。

「そこに、藤堂殿はどのように関わっておるのだ」

と、左膳は表情を落ち着かせ、藤堂に話題を戻した。

五

近藤は表情を引き締めて答えた。

「預かり証を榛名金山講に持ち込んでも換金がなされない、と北町に何人かが訴えたのです」

「その訴えを藤堂殿は聞き入れ、榛名金山講に掛け合ったのだな」

納得の上、左膳は確認した。

「北町の誰も榛名金山講と関わろうとしない中、藤堂さんだけは誠実に対応したのです」

悔しそうに近藤は拳（こぶし）を握りしめた。

「藤堂殿らしいですな」

賞賛の意味を込め、左膳は言った。

「わたしは藤堂さんの遺志を受け継ぎ、榛名金山講の不正を暴（あば）き立てたいと思います」

決意を込め、近藤は言った。

「だが、北町は榛名金山講に関わろうとしないのだろう。申してはなんだが、そなたは見習いの身、自分の意思で榛名金山講の探索など、できるのか」

危（あや）ぶみつつ左膳は問い直した。

首を左右に振ってから、

「許されるものではありませぬ。しかし、これはやらねばならないのだと思います。困っている町人を助けるのが八丁堀同心の役目だと、藤堂さんから教わりました。藤堂さんの遺志を継ぎます。それに、藤堂さんは榛名金山講に殺されたのです。榛名金山講を見過ごしにはできません」

語るうちに近藤の目は凝らされ、口調は熱を帯びた。少年の名残の残る純情な顔だけに、強い意志がより一層感じられる。

「奉行所が榛名金山講について手出しをしない理由は何かな」

落ち着いて左膳は質問を加えた。

「相対済（すま）し令です」

ぽつりと近藤は言った。

「なるほど……」

左膳は呟いた。

相対済し令とは、町人同士の貸借関係は当事者同士が解決すべきことで、奉行所は関与しない旨(むね)の法度(はっと)である。

「よって、北町は関与できない、と周囲の同心殿は介入することを拒みました。しかし、藤堂さんは榛名金山講の行いは金銭の貸借関係だけではない。悪辣(あくらつ)な手法で金を騙し取った詐欺である、とお考えでした」

近藤は言った。

「それで、藤堂殿は榛名金山講に出資金の返金の掛け合いのみならず、探りを入れておられたのだな」

左膳が確かめると、

「そうだと思います。それで、何か手がかりを摑んだのではないでしょうか。それゆえ、口封じに殺されたのでは」

近藤の推測は的(まと)を外してはいないだろう。

「北町が榛名金山講探索に動かないのは相対済し令があるからのみか」

念のため、左膳は問いを重ねた。

「そうではないと思います。勘繰りかもしれませぬが、榛名金山講の背後には大きな力が存在するのではないでしょうか」

近藤は声を潜めた。

「榛名金山講は榛名藩の領内……榛名藩主は老中の高野備前守、老中が榛名金山講の背後にいる、と」

左膳の考えに、

「間違いないと思います」

近藤は断じた。

左膳は思案をした。

「その考え、否定はしないがそれでは……」

左膳が危惧(きぐ)を示すと、

「間違っておりましょうか」

近藤は首を捻った。

「正解なのか間違いなのかはわからない。わしは榛名金山講についてなんら調べもしておらぬし、無知であるからな。ただ、老中にある者が民から金を騙し取る詐欺集団に加担するものであろうか。榛名金山講が詐欺だと明らかになれば、火の粉は自分の身にも降りかかってくる。確か、高野さまは今年の春に老中になったばかり。せっかく、上り詰めた地位を危うくするような真似をするものかのう」

左膳は思案がつかず、首を捻った。

「ですが、御老中が関与しているからこそ、北町も手出しできない、とも考えられます」

近藤は異を唱えた。

「その可能性は否定しないが、それではあまりに型通りではないか。老中に遠慮して探索しようとしないのはわかる。しかし、それでは、あからさまに過ぎる。北町が乗り出さずとも榛名金山講に入った者たちの不満は募り、騒ぎは大きくなる。さすれば、いかに老中の高野さまとて知らぬ顔はできまい」

敢えて左膳は反論した。

「では、来栖殿は背後に存する力はなんだと思いますか」

近藤は問いかけた。

「だから、わしは探索をしておらぬからわからぬ。申したいのは、まず、高野備前守ありきでは探索の目が曇る、ということだ」

左膳の忠告を、

「よくわかりました」

素直に近藤は受け入れた。

「今のところ、返金の求めに応じないという問題は表に出ておるが、詐欺という騒ぎにはなっておらぬのだな」

左膳は言った。

「今のところは……しかし、遠からず詐欺は発覚するものと思います」

確信を持って近藤は返した。

「なるほどのう」

左膳も否定はできない。

「ですから、わたしはなんとしても……」

決意を示すように近藤は語調を強めた。

「焦（あせ）ってはならぬ。相手は相当に狡猾（こうかつ）なのだろう。意気込みだけでは、暴き立てられぬ」

笑みを浮かべ左膳は諭（さと）した。

「おっしゃること、よくわかります。気負っては目が濁ります」

近藤は言い、立ち去ろうとした。

それを引き留め、

「藤堂殿の十手だ」

と、左膳は腰から十手を取り出した。近藤はしげしげと眺める。

「酒を酌み交わしておった小春に藤堂殿は忘れてゆかれた」

経緯をかいつまんで左膳は語った。

「この十手、貴殿に預ける。北町に返してくだされ」

左膳が言うと、

「お預かりします」

緊張の面持ちで近藤は返した。

左膳は十手を近藤に手渡した。藤堂との別れが現実味を帯びた。

「では、これにて」

近藤は深々とお辞儀をした。

左膳も黙礼を返した後、

「くれぐれも、焦ってはならぬ。そのこと、くどいくらいに申す」

左膳は釘を刺した。

「肝に銘じます」

近藤は出て行った。

その頃、兵部の道場では門人たちが庭で休憩していた。

兵部も門人たちに混じってお茶を飲んでいる。表情は柔らかになり、門人たちの問いかけに穏やかな表情で受け答えをしていた。

「先生は一番強いのは誰だと思いますか。宮本武蔵でしょうか、塚原卜伝でしょうか」

などという他愛のない剣豪談義に話が弾んだところで、

「御免くださいまし」

元気のいい声が聞こえた。

兵部は門人たちとのやり取りを打ち切り、道場の玄関に向かった。

格子戸の前で菅笠を被り、杖をついた巡礼姿の男が立っている。

兵部と視線が合うと、

「良い天気でございます」

男は菅笠を取った。

「入門希望か」

兵部が問いかけた。

「いえ、そうではありません」

男は頭を振った。

「では、なんだ」

兵部が言うと、

「榛名金山講でございます」

男は榛名金山講の御師だという。

「おれは興味がない」

言下に兵部は断った。

「惜しいですよ。もう、間もなくでございますよ」

御師は盛んに金山の開設が間近に迫っている、と捲し立てた。

「ここだけの話ですがね、今を逸しますと、もう入講できないのですよ。今のうちなんです。本当に今を逸してしまっては、後悔をなさいますよ」

盛んに御師は言い立てる。

「後悔しようがおれは興味がない。用が済んだら帰ってくれ」

追い立てるように兵部は右手をひらひらと振ったが、

「一口だけでもどうですか」

と、御師はしつこい。

「いらぬ」

兵部は言った。

「一口、一両です」

御師は講に入る証文を差し出した。そこには取り決めの文章が記され、名前と何口かを記入するだけになっている。

「おまえもしつこいな」

兵部は険しい顔つきとなった。

すると、

「榛名金山講の御師さんですね」

門人の一人が近づいて来た。

次郎右衛門の紹介で入門した平吉（へいきち）という大工である。御師は平吉に一礼をする。

「先日、預かり証を持って榛名金山講の本部に行ったんですがね、換金に応じてくれないんですよ」

と、不満を言い立てた。

「ああ、そうですか」

御師は後ずさった。

「お金返してもらえませんかね」

平吉は訴えかけた。

「本部に行ってください」

御師は頭を下げた。

「何度も足を運びましたよ。ですがね、いつも混んでいて、話ができないうちに、仕舞ってしまうんですからね」

顔をしかめ、平吉は返した。

「そこは、申し上げてはなんでございますが、辛抱強く掛け合ってください。榛名金山講は誠実にお一人お一人に対応しておりますので、どうしても時を要するのですよ」

御師の話に平吉は困った顔をした。

見かねて兵部は間に入り、

「ならば、予約を受け入れてはどうなのだ」

と、提案した。

「そうだ、予約できるようにしてもらえないのですか」

平吉は強い口調で訊いた。

「はあ……」

御師は歯切れが悪い。

「平吉、この際、この男を通して予約を確実にしてもらったらどうだ」

兵部の提案に、

「ああ、そうだ。お願いしますよ」

平吉が乗って頼み込むと、

「いや、それが、わたしは、その担当ではございませんで」

御師は逃げ腰になった。

「おまえが担当ではなくとも、本部に戻って予約を入れればよいではないか」

兵部は迫った。長身の兵部に見下ろされ、御師は首をすくめた。

「そうですとも」

平吉も詰め寄った。

「それが……わかりました。そのようにさせて頂きます」

御師はそそくさと帰ろうとしたが、

「おい、ちゃんと、予約の日時を確かめろ」

兵部は平吉を見た。

「明日の昼九つで頼むよ」

平吉は言った。

「わかりました」

返事もそこそこに逃げ出そうとしたが、

「名乗れよ」

兵部に言われ、

「は、はい。要蔵と申します」

御師は名乗った。

「よし、要蔵に頼んだからな。しっかりと、対応しろよ」

兵部は去り行く要蔵の背中に向かって声を投げかけた。

要蔵の姿が見えなくなってから、

「先生、ありがとうございました」

平吉は腰を折った。

「いや、金が戻ってから礼を言ってくれ……それにしても、換金に応じないというのは問題だな」

兵部が言うと、

「わたしも、来年の金山開設まで持っていようと思ったんですがね、ちょっと、金が必要になったのと不安になったんですよ」

平吉の出資金は五両だそうだ。その五両に相当する分銅金と砂金を榛名金山講に預けてある。ところが、近頃の榛名金山講の評判が悪い。なんのかんのと理由を言い立てて換金に応じないことが、その悪評を高めている。

「早々と金を取り戻したいってことだな」

気持ちはわかると兵部は理解を示した。

「欲をかいちゃいけませんな」

平吉は言った。

兵部はふと、次郎右衛門のことが気がかりになった。

「いかがされましたか」

平吉に訊かれ、

「いや、なんでもない」

兵部は笑った。

「先生が引っかかることはないでしょうな」

平吉は言った。

「ああ、おれは銭儲けには興味がない。それだけは、言える」

兵部は笑った。


三日後、左膳は長助を伴って照降町(てりふりちょう)の雨傘屋、釦女屋にやって来た。照降町とは通称で、小舟町(こぶなちょう)が本来の町名である。この界隈は雨傘屋や履物屋が軒を連ねているのだが、履物屋は晴れを喜び、傘屋は雨を喜ぶことから照降町と呼ばれているのだ。

夕暮れにはまだ早いが、戸が閉まっている。

「早いな」

左膳は呟いた。

普段よりも早い店仕舞いだ。長助が戸を叩いた。

しかし、返事はない。

「旦那さま、裏を見てきますだ」

長助は断りを入れて裏手に回ろうとした。

「わしも行く」

左膳も後に続いた。


裏庭に回り、裏木戸から中に入った。長助は傘を包んだ風呂敷包みを脇に抱え、

「御免くだせえ」

と、声をかけた。

風貌(ふうぼう)には不似合いな、よく通る声である。

しかし、声が返されない。

「留守ですかね」

長助の言葉に左膳もうなずいたが、嫌な予感がした。

「次郎右衛門、入るぞ」

一声かけてから格子戸を開けた。

薄暗がりの中、座敷が浮かんでいる。すると、踏み台に次郎右衛門が昇っていた。

鴨居(かもい)から縄が垂れ下がっている。しかも輪ができていた。

左膳は上がり、大急ぎで駆けつける。

次郎右衛門は輪の中に首を突っ込んだ。

「馬鹿者！」

甲走った声を発し、左膳は次郎右衛門を抱きかかえた。

「おやめください」

次郎右衛門は叫び立てた。

「うるさい」

左膳は次郎右衛門を畳に寝かせた。

「死なせてくださいまし」

次郎右衛門は手足をばたばたと動かした。

「落ち着け」

静かに左膳は語りかける。

「御家老、お願い致します。手前は生きている値打ち、いえ、生きておってはならぬ者です。死んでお詫びをしないことには……閻魔大王さまのお裁きで地獄に落ちなければならない身でございます」

言い立ててから次郎右衛門は半身を起こされ、座らされた。

長助が丼に水を汲んで持って来た。それを左膳が受け取り、

「飲め」

と、次郎右衛門に手渡した。

次郎右衛門は両手で持ち、ごくごくと咽喉を鳴らしながら飲んだ。

張り詰めていた表情が多少は和らいだ。吊り上がっていた目が商人らしい温和さを帯びてきた。

「ありがとうございます」

我に返った次郎右衛門は礼を言った。

「それよりも、どうした」

左膳は訊いた。

途端に次郎右衛門はふさぎ込み、

「榛名金山講でございます」

と、呟くように述べ立てた。

「評判が悪いな」

左膳はうなずく。

「昨日、榛名金山講からこのような」

懐に入れた紙を次郎右衛門は取り出した。くしゃくしゃに丸めてあり、それを次郎右衛門は広げた。皺だらけの書付には榛名金山講が出仕を募っていた金山の開設ができなくなったと報せてあった。

「なんだと」

被害はないが左膳も憤った。

「ひどい」

次郎右衛門は叫び立てる。

左膳は次郎右衛門が落ち着くのを待った。

榛名金山講は解散すると通告してきたのだ。金の鉱脈を掘り当てることができなかった。それをくどくどと書き記した挙句に、

「出資金は返せなくなり、断腸の思いだと犬養宝山の名で入講者に対する謝罪文が掲載されていた。

「なんという……こんなことになるなんて……」

次郎右衛門は声を詰まらせた。

「おまえも、出資しておったのか」

左膳は問いかけた。

「百両です」

蚊の鳴くような声で次郎右衛門は答えた。

「なるほど、百両とは大金だな……しかし、こんなことを申してはなんだが、百両、丸損したとしても、鈿女屋が倒産するわけではあるまい」

左膳は疑問を投げかけた。

「百両はよいのです」

次郎右衛門は言った。

その顔は申し訳なさで満ち溢れている。何か深い理由がありそうだ。

第二章　詐欺講

一

訥々と次郎右衛門は語った。

「手前は百両のお金を榛名金山講に出資致しました」

百両を出資したという証文と共に百両分の分銅金が用意された。

「ならば、その分銅金を両替屋で銭、金に換えればよいではないか。両替の手数料は要するとしても、首を括るような損ではないはずだぞ」

左膳は問いかけた。

「それが……」

次郎右衛門はうなだれた。

「いかがした。この際だ。腹に留めず、打ち明けてくれ。他人に話すと、ずいぶんと楽になるものだ」

左膳の勧めに次郎右衛門は首肯(しゅこう)し、

「榛名金山講では百両以上を出した者には、特別な処遇が与えられるのです」

と前置きをしてから、入講者を募れば特別講者として紹介手数料が入る、と話した。

「それで、手前の口利(き)きで榛名金山講に入った人たちがいます。その人たちは……」

次郎右衛門は両手を目に当て、がっくりと肩を落とした。

「その者たちにも出資金に応じた分銅金なり砂金が榛名金山講から渡されたのであろう。ならば、申したように両替屋で銭、金に換えればよいではないか。どうしても、そなたの心が痛むのであれば、両替の手数料を負担すればよかろう」

左膳の言葉に次郎右衛門は冴えない顔のままである。

「いかがしたのだ」

左膳が問いを重ねると、

「それができぬのです」

次郎右衛門は力なく返した。

わけを聞こうと左膳は目で促した。

「御師は入講した者に金の現物を榛名金山講に預けることを勧めたのです」

御師たちは入講者が町屋住まいの場合、盗難、火事などに備えて榛名金山講に預けることを勧めた。

「預かり証を手渡し、そこには、いつでも換金に応じる、と明記もされていました」

不満そうに次郎右衛門は言った。

「今、騒いでおるな。換金がなされないと」

「なんのかんのと理屈をつけて換金に応じないばかりか、昨日、榛名金山講は解散してしまったのです」

次郎右衛門は憤りを示した。

「金の鉱脈が掘り当てられなかった、というのが理由でした」

次郎右衛門は吐き捨てるように答えた。

左膳は理解を示しながらも、

「敢えて酷(こく)なことを申す。そなた、まことに金の鉱脈なんぞある、と信じたのか。眉唾ものとは疑わなかったのか」

と、問いかけた。

ごもっともです、と次郎右衛門はうなずいてから、

「それがこのような」

と、袖からまたも丸めた書付を取り出した。

今度は長助がそれを引き伸ばして、左膳に渡した。

「榛名金山講はこのような書付を月に二度、御師が持ってくるのです」

次郎右衛門は言った。

書付には金山採掘の様子が記事として記され、坑道が絵になっていた。予想として、来年の弥生には鉱脈に達する、という見通しと産出量は佐渡の金山にも匹敵するとまでの予想が立ててある。

榛名金山講の主宰者、犬養宝山の名で書いてあった。

「なるほど、こうした書付がもたらされるわけか。講に入った者なら、嫌でも期待に胸を膨らませるというものだな」

左膳はうなずいた。

おわかり頂けましたか、と言いたげに次郎右衛門はうなずいた。

「性質が悪い。実に悪辣な手口ではないか。狡猾な男であるな、犬養宝山……」

藤堂のことが思い出される。

藤堂はこんな悪党集団にたった一人挑んだのだ。

「手前は紹介したみなさんに顔向けができなくなりました」

自らの百両を紹介者の救済にあてたが、それでも間に合わないという。

「そなたが罪を背負うことはない」

きっぱりと左膳は断じた。

「ですが」

次郎右衛門は躊躇いを示した。

「榛名金山講こそが罪を償うことだ。むろん、被害を受けた者全てに出資金を返還させなければならない」

それが当然だと左膳は言い添えた。

「それができればよいのですが……」

次郎右衛門は弱気である。

「返金に応じない、というのは百歩譲っても町奉行所の管轄外だ。しかし、詐欺となるとこれはれっきとした奉行所が扱う罪ではないか」

左膳は言った。

「しかし、北町奉行所は腰を上げてくださいません」

次郎右衛門は訴え出たのだそうだ。

「受け付けぬか」

左膳は渋面を作った。

「はい」

次郎右衛門はそれもあって自害しかないと追い込まれたのだった。

「諦めるな」

左膳は励ました。

「ですが、どうしようもございません」

次郎右衛門はしょげ返った。

「被害を受けた者の会を作るのだ。そなたが音頭を取ってな」

左膳の提案に、

「手前にそんなことができましょうか」

次郎右衛門はきょとんとなった。

「できるできぬではない。やるのだ」

力強い声音で左膳は勧めた。

「はあ……恐れながら御家老、御助力を願えますか」

おずおずと次郎右衛門は頼んだ。

「むろん微力ながら手助けをしよう。梯子(はしご)を外(はず)すような真似はせぬ」

明朗な声音で左膳は約束した。

「ありがとうございます」

ようやく、次郎右衛門の顔が柔らかみを帯びた。

「さて、榛名金山講の本部を教えてくれ。この目で見てくる」

左膳は申し出た。

「ええっ、もう行かれるのですか」

次郎右衛門は驚いた。

「まずは、様子を見るだけだ」

左膳は事もなげに言った。

「では」

と、次郎右衛門は榛名金山講本部の所在地を説明した。

本部は深川一ツ目橋(ふかがわひとつめばし)の袂(たもと)だとわかった。

「今からだと」

最早(もはや)、夜である。

「明日になさいませ」

次郎右衛門に言われ、

「そうするか」

左膳は受け入れた。

「いやあ、手前は悪運が尽きておりませぬな。もう少し、御家老のおいでが遅かったら、首を括っておりました」

次郎右衛門は鴨居から垂れ下がった縄を見た。縄の輪が不気味に見える。

「そうだ、悪運も運のうちだ」

左膳はからっとした声で笑った。

二

翌二十五日の朝、左膳は榛名金山講の本部にやって来た。本部は両国東広小路から一町程南に歩いた竪川に架かる一ツ目橋を渡ってすぐにあった。

本部は黒板塀に囲まれた五百坪程の敷地に二階建ての母屋と御堂のような建屋があった。黒板塀から松が覗いている。いわゆる見越しの松である。

門は開かれていた。

大勢の男女が詰め寄せ、

「金返せ！」

「詐欺！」

「嘘つきめ！」

金切(かなき)り声で騒ぎ立てている。

本部の敷地内では御師たちが応対しているが、到底静まる気配もない。

左膳は群衆をかき分け、中に入った。

御師の一人が立ち塞がった。

「すみません、入講のお侍さまですか」

「違う。知り合いが入講して難儀(なんぎ)をしておるのだ」

左膳は言った。

「では、まことに申し訳ないのですが、お引き取りください」

御師は頭を下げた。

「帰らぬ。納得のゆく説明をせよ。ただ、金の鉱脈が見つからなかったでは通用せぬぞ」

一歩も引かぬ、と左膳は言い張った。

「説明会を開くのです」

御師は答えてから、

「みなさま、昼九つに説明会を催します。御堂にて行いますので、改めてお出かけくださいますか」

と、顔を真っ赤にして叫び立てた。

それに呼応するように、本部内と門前に高札が掲げられた。

説明会を昼九つ、御堂で開催する旨が書かれている。

「説明会に御越しください」

御師たちは頭を下げて詰めかけた者たちの間を回った。

押しかけた者たちは帰り始め、程なくして潮が引くように人々の波は消えた。

「出直すか」

左膳も本部を出た。

すると、北町奉行所の同心見習い、近藤銀之助がいた。

「来栖殿」

近藤は近づいて来た。

「やはり、とんだ騒動となったな」

左膳が言うと、

「こうなるのはわかりきっていたのに……」

悔しそうに近藤は唇を嚙んだ。

「北町はこれまで見過ごしにしておったが、こんな騒ぎになっても動かないのか」

左膳の問いかけに、

「奉行所は様子見をしているようです」

近藤は不満そうだ。

「この期(ご)に及んでも何もせぬとは、一体、どうなっておるのだ。やはり、榛名金山講の背後には大きな力があるということか」

左膳は歯軋(はぎし)りをした。

「ところで、来栖殿はどうして榛名金山講の本部にいらしたのですか」

近藤は不思議がった。

「それがな……」

次郎右衛門の名前は出さず、懇意にしている者が被害に遭って首を括ろうとしたことを語った。

「実際に首を括った者もおります。まこと、榛名金山講は罪作りでございます」

近藤は憤りを示した。

「命まで落とすことはない。いくら借金を抱えようとな。あ、いや、当事者の苦悩を知らぬ、無責任な言い方であろうかな」

「自害の理由は、借金を苦にしてということはもちろんですが、それだけではないのです」

近藤は言葉を区切った。

「どういうことだ」

「被害を受けた者の中には、榛名金山講も悪いが、儲け話を信じて講に入ったのも悪い、と責められている者もおるとか。欲をかくから罰が当たった、とまで非難される向きもあるそうなのです。まったく、被害に遭った者にとっては、踏んだり蹴ったりの事態になっているのですね」

目を吊り上げ近藤は怒りを示した。

「榛名金山講は、絶対に報い（むく）を受けねばならぬ。北町は榛名金山講についてどんな話をしておるのだ」

左膳は確かめた。

「触らぬ神に祟（たた）りなし、という方もおれば冷静な見通しを語る方もおられます」

近藤は言った。

「冷静な見通しとは……」

「結局、何も取れないだろう、というものです。榛名金山講が嘘をついたとか詐欺を働いていたということの証明が難しいというお考えをなさっているのです。というのは、榛名金山講は騙そうとして金を集めたわけではない。あくまで金山を開くために出資金を募った。自分たちには詐欺の気持ちは微塵もなかった、と彼らが言い張れば、それを嘘だと突き崩すだけの証はない、というのです」

語ってから近藤はその考えは間違っていると言い立てた。

「いかにも、及び腰であるな」

左膳も賛同した。

「おっしゃる通りです。結局、御奉行も榛名金山講に遠慮しているのです……おそらくは、高野備前守さまに」

近藤は榛名金山講の背後に存在する大きな力について言及した。

「根深いな」

左膳も闇の深さを思った。

「わたしは負けません」

強がりかもしれないが近藤には共感できる。それだけに心配にもなる。

「大丈夫なのか、そなたは将来がある身だぞ。北町の方針に逆らってまで榛名金山講を探索するのか」

この純真な若者を気遣わずにはいられない。

「これで及び腰になったら、生涯、一人前の八丁堀同心になどなれぬと思います」

近藤は思ったよりも肝が据わっているようでうれしくなった。少年の名残のある若者は生一本な人柄だけではなく、八丁堀同心の矜持があるようだ。

それは藤堂正二郎から受け継いだのであろう。改めて藤堂の死が悔やまれ、藤堂を死に追いやったであろう榛名金山講への怒りに焦がされた。

「よう申した。但し、軽挙妄動は慎むのだぞ」

左膳は諭すことも忘れなかった。

「わたしは退きません」

近藤の決意は固そうだ。

「昼九つに説明会を開くそうだ」

左膳は高札を見上げた。

「もちろん、わたしも参加しようと思います」

「わしもだ」

左膳は言った。

「では、後ほど」

近藤は一礼して立ち去った。

左膳もひとまず引き揚げ、このことを次郎右衛門に教えてやることにした。昨日の今日であるから、被害者の会を立ち上げて説明会に臨むことはできないだろうが、次郎右衛門も説明会に出席したがるであろう。

「果たして、どんな説明が……」

少なくとも、被害額の全てが返ってくる可能性は低かろう。

左膳は榛名金山講を振り返った。

兵部も平吉からの話を聞き、義憤に駆られていた。

「先生、あたしは首を括るしかありませんよ」

平吉は顔を歪めた。

「どうした」

さすがに兵部も気に掛けた。

「どうもこうもありませんよ。先生、ご存じないんですか」

平吉は抗議の姿勢である。

「なんだ、藪から棒に」

兵部は戸惑った。

「榛名金山講ですよ」

「おまえ、榛名金山講の本部に換金の交渉に行ったのだろう」

「行きましたよ」

憮然と平吉は返す。

「換金されなかったのか」

兵部も気になった。

「換金の予約、なんの意味もなかったんですよ」

御師の要蔵に予約を入れてもらった日に出向いたのだが、押しかける者は大勢でしかもみな予約を入れていた。

「予約を入れたって人数が多すぎて、話もできませんでした。それでも、通ったんですが、とうとう榛名金山講、解散だって抜かしやがって」

平吉はため息を吐いた。

三

昼九つとなり、左膳は次郎右衛門を伴い榛名金山講本部にやって来た。

大勢の男女が敷地内に群がっている。

御堂に入る際、

「証文をお見せください」

と、御師から求められた。

「わしは榛名金山講には入っておらぬ。付き添いだ」

左膳は言った。

「それでは、中にお入れするわけには参りませぬ」

御師は断った。

「構わぬではないか」

動ぜず、左膳は中に入ろうとした。

「申し訳ございません。お願い致します」

御師は頑(がん)として認めない。

「大丈夫ですよ、手前だけで」

次郎右衛門は左膳を気遣った。

左膳もこれ以上は押し問答を繰り返すばかりだと、引き下がった。

するとそこへ近藤銀之助がやって来た。

御師は申し訳なさそうに、

「お役人さまの立ち会いは……」

と、断りを入れようとした。

「しかし、説明会が荒れるであろう。頭に血が上った者たちが暴れ出さぬとも限らぬ。それを鎮める必要があるのではないか」

近藤はもっともらしい理屈を付けた。

御師が答える前に、

「馬鹿野郎！」

「金返しやがれ！」

「説明なんざ、いらねえ。それより金だ！」

「四の五の言わねえで、金を出せよ！」

などと、敷地内で争いが起きた。講に入った者たちが御師に詰め寄っている。また、御堂に入る順番を巡ってのいさかいも生じている。まさしく、殺気立っていた。

「説明会が始まる前からこの有様だ。先が思いやられるのではないのか」

近藤は御師の不安を煽り立てた。

「大丈夫です。うちには頼りになる先生方がいますんでね」

御師は言った。

すると、浪人風の男たちがやって来て、言い争っている連中に近づき、

「騒ぐと摘まみ出すぞ」

と、脅しつけた。

浪人の威圧に気圧されるように争いをやめ、男たちは大人しくなった。

近藤は口を噤む。

「おわかり頂けましたら、どうぞ、お引き取りください」

御師は丁寧に腰を折った。

近藤は苦々しい顔で引き下がろうとした。それを左膳が止め、

「それなら、益々、近藤殿が立ち会った方がよい。騒ぎが起き、用心棒が力ずくで摘まみ出そうとして、こじれるかもしれぬ。怪我でも負わせたら、厄介なことになるぞ。金の貸し借りの範疇を超え、町奉行所が取り上げる案件となるかもしれぬ。町方の

立ち会いがあった方がよいのではないか」

左膳の考えを受け、御師は反論に出ようとしたが、

「どうしたのだ」

人をかき分け、中年の男がやって来た。がっしりした身体を裃に包み威儀を正している。

「これは、神崎さま」

御師は頭を下げた。

男は榛名金山講の番頭を務める神崎伝八郎だと名乗った。御師が神崎に左膳と近藤とのやり取りを報告した。

神崎はうなずき、

「それは、こちらの……」

と、左膳を見た。

「羽州浪人、来栖左膳と申す」

左膳は名乗った。

「来栖殿と近藤殿の言い分ももっともである。立ち会って頂きなさい」

神崎は許可した。

御師は左膳をちらっと横目で見た。八丁堀同心の立ち会いはわかるが、浪人にそんな必要があるのか、という目である。

それを察した神崎は、

「こちらの御仁、頼りになりそうだ。入ってもらいなさい」

と、御師に命じた。

こうまで言われては御師としては逆らうわけにいかない。

「どうぞ、お入りください。もう間もなく、始まります」

と、不服そうに御師は入室を許した。

左膳と近藤は御堂内の濡れ縁に立ち、説明会の様子を見守ることになった。御堂の中は三十畳ほどの広さである。出資した者たちがびっしりと座っていた。御堂に入りきれなかった者たちも多数おり、本部に駆けつけられなかった者たちは更に大勢いる。

次郎右衛門は真ん中あたりに座っていた。

左膳と近藤ばかりではなく、濡れ縁には用心棒たちが巡回して目を光らせていた。

がやがやとした御堂内で、

「それでは、始めます」

という声が放たれた。

ざわめきがさざ波のようになり、やがて静まった。程なくして神崎が入って来た。裃に威儀を正している。神崎は一同と向かい合う形で正座をした。

「このたびは、多大なるご迷惑をおかけし、申し訳ございませぬ」

神崎は両手をついた。

詰めかけた男女は神崎を黙って見詰めた。しばらくしてから神崎は面を上げ、

「本来ならこの場に榛名金山講の主宰者たる犬養宝山が出席せねばならないのですが、落盤事故に遭ったために叶いませぬ」

と、悲痛に顔を歪ませて報告した。

一瞬の沈黙の後、

「嘘だろう」

「仮病だ」

という怒号が飛んだ。

御師たちが静かにするよう頼んで回る。

しかし、収まらず、

「犬養を出せ」

という声が飛び交った。

神崎はそれを辛抱強く聞き、

「どうか、お静まりください」

と、殊更に落ち着いた声音で告げ、落盤事故の詳細について語り始めた。しかしその説明をほとんどの者は聞かず、がやがやとした声にかき消された。

それでも神崎は話し続ける。男女は根負けしたように言葉を発しなくなった。

「これだけは信じて頂きたいのです。犬養宝山は最後の最後まで己の命を賭して、金鉱を掘り当てようと苦闘したのでございます」

最後には涙声となって神崎は話を締め括った。それに合わせるように御師たちもさめざめと泣き出した。

「嘘ばっかり」

「みんな信じるな」

という怒りが治まらない者もいる一方で、神崎の話を真に受ける様子の者もいた。中にはもらい泣きをしている女房風の女もいる。

ひとしきり、騒ぎが収まってから、次郎右衛門がすっくと立ち上がった。次郎右衛門は冷静な口調で神崎に問いかけた。

「それで、わたしたちが出仕した金は戻されるのでしょうね」

すぐに、

「そうだ、金返せ」

という声が湧き上がる。

再び、御師たちが静かに、と声をかけて回る。

神崎がおもむろに口を開いた。

「まことに心苦しいのですが、出資金は金の採掘に使い果たしてしまいました」

と言ってから、帳面を読み上げた。

一年前に榛名金山講を始めてからの入講者の名前と金額が読み上げられる。入講の日付、その者の住まいも音読された。それは、延々と続いた。榛名金山講には三千人もの入講者がいるのである。

四半時程（しはんとき）も続いたところで、

「その辺でやめろ」

という声がかかる。

「そうだ、もういい」

やめろという声が高まり、神崎は帳面を閉じた。

「では、次に、榛名金山講で採掘に要した費用についてでございます」

と、これまた、坑夫の人数、日当、食事代、道具代、医療費、宿泊費、事故による損害等々が平板な口調で述べられていった。またも、焦（じ）れている者もいる。

あくびを漏らす者も現れ始めた。

「いいよ、もう」

という声がかかり、神崎は読み上げるのを中止した。

「では、結論を申します」

神崎はこほんと空咳（からせき）をした。

みなの耳目（じもく）が集まる。

「みなさまからお預かりしました金子（きんす）の合計は、一万と五百二十三両でございます」

神崎の言葉にため息が漏れた。

続いて神崎は言った。

「一方、採掘に要した費用ですが……総計一万一千三百二十五両と一分でございます。これには犬養宝山や拙者の日当は入っておりません。犬養と拙者は無償で働きました。それはともかく、約八百両の赤字となった次第でございます」

御堂の中が大きくどよめいた。

再び次郎右衛門が腰を上げた。

「それで、わたしたちへの返金はどうなるのですか」

その声音は張りがなく、最悪の結論を予想しているかのようだ。

神崎はみなを見回して、

「入講して頂いたみなさまで赤字分を補塡して頂く……」

と、言葉を区切った。

「冗談じゃない」

次郎右衛門は頭を振った。

不満の声が渦巻いた。

やおら神崎は立ち、

「などとは申しませぬ。ご安心ください」

と、みなを宥めた。

怒る者と安堵する者が入り混じった。

「それで、返金は……」

次郎右衛門は再び問いかけた。

神崎はちらっと視線を流した。すると、御師たちが神崎の両横に並んだ。次いで、神崎たちはその場で土下座をした。

「申し訳ございません。お支払いしようにも、我らとて八百両もの借財を背負ったのでございます」

声を振り絞って神崎は言い立てた。御師たちは土下座を続けている。

「そんな……」

次郎右衛門は天を仰いで絶句し、膝から頽れた。

「金返せ！　馬鹿野郎！」

たちまちにして怒号が飛んだ。

「胡麻化されんぞ！」

非難の言葉も続いた。

それでも、神崎たちは顔を上げず、ひたすらに罵声を受け続けた。

こうなると、気持ちを抑えられない者たちが神崎たちに詰め寄った。中には御師を立たせて、怒鳴りつける者も出始めた。用心棒の浪人たちが割って入る。

「近藤殿！」

わずかに面を上げ、神崎は近藤に声をかけた。争いを見過ごすのか、と言いたいようだ。近藤は慌てて、

「みな、落ち着け」

と、用心棒たちと一緒に暴れる者を宥めた。すると、近藤を八丁堀同心と見て、

「御奉行所でなんとかしてくださいよ」

「御白州(おしらす)で裁いてくださいよ」

「御奉行さまは町人の味方でしょう」

などと、矛先(ほこさき)を変え、責められてしまった。

「まことに申し訳ございません」

神崎は繰り返した。

「うるせえ、おれの金を返せ」

「あたしのお金、何処へ行っちゃったのよ」

不満は治まらない。

左膳も成す術(すべ)がない。

近藤は事態の収拾(しゅうしゅう)を押し付けられる形となってしまった。

誰からともなく、

「こうなったら、御奉行所のお力にすがるしかない」

「そうだそうだ」

「しかし、これまでにも何度も訴えてきたんだぞ。それでも、お取り上げにはならないんだ」

そんな積極的な意見と消極的な考えが交錯した。

だが結局、奉行所に頼る以外、術はないということになり、近藤が引き受けることになってしまった。

「明日、北町奉行所に来るように」

最早、引っ込みがつかなくなった近藤はそう言わざるを得ない。

左膳が、

「大勢で押しかけても奉行所も対応できぬであろう。代表を決めてその者が訴えに出向くことにしてはどうだ」

と、割り込んで提案した。

「それがいい」

誰ともなく賛成の声が上がった。

すると次郎右衛門が、

「では、手前が」

と、立候補した。

神崎を問い質していた男と気づき、次郎右衛門に任せようということになった。次郎右衛門は素性を明かした。

「よろしくお願いします」

みな、一縷の望みを託した。

すると大工の平吉が、

「鈿女屋さん」

と、次郎右衛門に声をかけた。

「おお、平吉さんか……ああ、そうだったね、あんた、あたしの勧めで入ったんだった。ほんと、こんなことになってしまって」

次郎右衛門は何度も詫びた。

「まあ、わたしは、五両ですがね」

平吉は言ったが、

「五両だって大金だ。何もしないで稼げるものじゃない」

次郎右衛門は却って恐縮してしまった。

代表を引き受けた次郎右衛門は改めて立ち上がり、神崎に申し出た。

「榛名金山講の採掘現場に行きたいのですが」

神崎は弱々しく首を左右に振り、

「説明会の初めに申しましたように落盤事故があり、危険な状態ですので、目下立ち入りを禁じております」

「本当でしょうな」

疑わしそうに次郎右衛門は念押しをした。

嘘偽りはございません、と神崎は繰り返した。採掘現場への立ち入りを拒まれ、次郎右衛門は考える風であったが、

「まさかとは思いますが、榛名山の山神……大層な荒神さまだそうで、榛名金山鉱に近づく者に罰を当てるそうですな。なんでも、首や両手両足を切断されるのだとか」

大真面目な顔で問いかける次郎右衛門に失笑を漏らす者もいたが、怯える者もちらほら見受けられた。

否定すると思いきや、

「確かに山神はおられます。邪なる心を以って榛名金山鉱に近づく者に罰を当てます」

神崎も真顔で山神の存在を認めた。

「そうやって、贋金山に近寄らせないんだろう」

口の悪い男が言うと、

「落盤事故だって嘘だ」

別の男が神崎を責め立て、再び御堂内は怒声で満ち溢れた。御師たちが鎮めようとするが収まらない。

用心棒たちが腰の刀を抜こうとした。それを神崎は制し、

「お静かに……みなさま、お静かになさってください」

と、金切り声を上げた。

一同が視線を向けると、御師に肩を貸された初老の男がやって来た。真っ白な総髪、紺地木綿の小袖に草色の袴、柿色の袖無羽織を重ねている。右手を晒しで吊っているのは骨折したようだ。その上、怪し気な雰囲気を漂わせているのは、般若の能面を付けているためだ。

男はうつむいたまま神崎の横に座った。

「犬養宝山先生です」

神崎は男を紹介した。

ざわめきが起きる中、犬養は一同を見回すと、左手で能面を外した。

「ひえ～」

女から悲鳴が上がり、男たちも私語をやめ、犬養に視線を預けた。

犬養の顔は崩壊していた。両目は塞がり、鼻は潰れ、両の頬は焼けただれている。真っ赤な唇がわずかに人の面相（めんそう）の名残を留めていた。

犬養は無言のまま頭を下げた。

神崎がみなに語りかけた。

「人さまの前には出られない姿となり、犬養はみなさまの面前に出ることを憚（はばか）ったのですが、やはり、自分が謝罪せねば、と醜態を晒す気になったのです」

坑道の中、手違いで火薬が爆発し、落盤事故が発生、犬養は顔面を火傷、右手を骨折したのだった。咽喉も潰れ、言葉を発することができないそうだ。

見た通り、両目を失明したため、顔を右、左に揺らしている。

騒ぎ立てていた者たちも静まり返り、陰鬱（いんうつ）な空気の中、御堂を後にした。

四

左膳と次郎右衛門、近藤銀之助も榛名金山講の本部を出た。

「さて、大変なことを引き受けたな」

左膳が声をかけた。

「ですが、誰かが榛名金山講を糾弾しなければなりません。神崎というお方、もっともらしく要した費用を並べ立てておられましたが、どこまで本当だか……それに、あの薄気味悪い犬養宝山という山師……」

次郎右衛門は犬養にこそ山神の罰が当たったのではないかと疑った。

「あれはまことに重傷を負った姿だったのでしょうか。わたしには芝居めいて見えましたが」

近藤が怪しむと、

「今も申しましたが、山神の罰が当たったんですよ」

次郎右衛門はよほど榛名山の山神を恐れているようだ。

それからふと、

「近藤さまとおっしゃいましたか……ずいぶんとお若いですね」

と、近藤に関心を向けた。

「はあ……実は見習いなのです」

近藤は正直に打ち明けた。

次郎右衛門の目に不安の影が差した。

「よろしいのですか。榛名金山講の訴えを引き受けて……だって、これまでにも何度訴えてもお取り上げくださらなかったのでしょう」

「ですが、わたしはなんとしても訴えを取り上げてもらいます」

根拠のない自信ではあるが近藤のやる気に水をかけるのは差し控えようと気遣ったのか、次郎右衛門は口を閉ざした。

左膳は、

「わしも一緒に奉行所に行こう」

と、申し出た。

「そうして頂けるとありがたいのですが、それではご迷惑ではありませぬか」

遠慮しながらも次郎右衛門の目は期待に彩られている。

「乗りかかった船だ」

左膳は笑った。

兵部は門人の平吉が榛名金山講の被害を受け、更に次郎右衛門も出資していたことを思い出し、心が騒いで仕方がない。

「と言っても、おれにできることはない」

兵部はごろんと横になった。

すると、

「御免くださりませ」

と、いう声がかかり、中年の侍が辞を低くして道場に入って来た。この暑いのに小袖、袴に黒紋付を重ねている。

兵部が半身を起こすと侍は丁寧に腰を折った。川上庄右衛門（かわかみしょうえもん）、大峰家の家臣で、藩主宗里の側用人（そばようにん）を務めている。左膳が江戸家老を務めていた頃の部下で、いまでも左膳を慕い、というより頼り、折に触れ訪ねて来る。

「なんだ、父を訪ねたのではないのか」

兵部が言うと、

「御家老はお留守でした」

川上は今でも左膳を、「御家老」と呼ぶ。

「父に用事なら、おれが伝えてやるぞ」

兵部は請け合った。

「そうですな……」

庄右衛門は迷う風であった。

「いえ、その、大したことではないのです」

庄右衛門は躊躇った。

「そんなことはあるまい。なんだ、おれには話せぬことか」

威圧するように兵部はにやりと笑った。

庄右衛門は迷った末に、

「榛名金山講をご存じですな」

と、切り出した。

「知っておるとも。今、大変な騒ぎになっておるじゃないか。あ、そうか、川上殿も引っかかったのか」

兵部は庄右衛門の顔を覗き込んだ。

「拙者(せっしゃ)は少しばかりですので、それは自分が欲をかいた罰だと諦めもつきますが……」

庄右衛門はここで言葉を止めた。

「まさか、大殿か」

大殿とは隠居した前藩主宗長(むねなが)、隠居後は白雲斎(はくうんさい)と号している。

「いえ、そうではありません」

庄右衛門は否定した。

「では、殿か」

兵部の問いかけに、

「まあ……」

庄右衛門は曖昧だが認めた。

「いくら、やられたのだ」

遠慮会釈なく兵部は踏み込んだ。

「千両です」

庄右衛門は言った。

「そいつは豪気だな」

兵部は笑った。

「笑い事ではありませぬ」

憮然と庄右衛門は言った。

「ああ、すまぬ、すまぬ」

詫びてから、

「しかし、大峰家が榛名金山講に出資するというのは世間体がよろしくないのではないか」

兵部が指摘すると、

「まさしく、その通りでございます」

庄右衛門は答えてから、

「よって、出入りの呉服屋、上州屋の名義で出資したのですよ」

「殿のことだ。儲けて出世の運動資金にしようとしたのであろう」

兵部が見当をつけると、

「お祭しの通りでございます」

大峰宗里は奏者番(そうしゃばん)の役目を担っている。奏者番は江戸城内の典礼を司(つかさど)り、譜代大名にとっては出世の門口(かどぐち)だ。奏者番の中から寺社奉行に任ぜられた者にだけ老中への道が開かれる。白雲斎は老中として辣腕(らつわん)を振るった。宗里は父のように老中に成るのが念願だ。

そのために、幕閣への付け届け、挨拶には殊(こと)の外(ほか)に気を遣っている。

「困ったものだな」

「まことに……」

同意してから、庄右衛門は自分も出資したことに気づき、頭を掻いた。

それから、

「殿としましては、御老中高野備前守さまを気遣ったのです」

「なるほど、やはり、榛名金山講の背後には高野備前守が控えておるのか」

兵部が確かめると、

「ここだけの話です」

庄右衛門は声を潜めた。

「馬鹿、誰もがそう思っておるわ」

兵部は笑った。

庄右衛門は情けない顔をした。

「それで、殿は父に何を求めておられるのだ」

確かめなくても想像できるが問いかけた。

「なんとかして欲しい……と」

後ろめたさがあるのか庄右衛門は小さな声で言った。

「千両を取り戻せ、というのだな」

対照的に声を大きくして兵部は言った。

「そういうことです。ああ、虫が良すぎるのはよくわかっているのです」

「川上殿がか、殿がか」

　兵部は問いかけた。

「もちろん、殿も拙者もです」

　慌てて庄右衛門は答えた。

「しかし、現実問題、榛名金山講から金を取り戻すのは至難(しなん)の業(わざ)だぞ。いや、至難どころか無理だな」

　にべもなく兵部は告げた。

「やはり、そうでしょうか」

　庄右衛門はしょんぼりとなった。

「町奉行所も取り上げないそうではないか」

「その通りです」

「ならば、どうやって取り戻す。父が本部に乗り込んだところで、どうにもならぬぞ」

　呆(あき)れたように兵部はあくびをした。

「それを殿は期待しておられます。左膳ならなんとかしてくれる、と」

「勝手なものだな」

兵部は苦笑を漏らした。

「むろん、報酬も用意しております。百両です」

「千両取り戻して百両……一割か」

顎を掻きながら兵部は、左膳が金で動くことはなかろうと見通しを示した。

「お願い致します」

庄右衛門は両手を合わせる。

「おれに頼まれてもな」

兵部は難色を示した。

「そこをなんとか」

庄右衛門はしつこい。

「おまえな、いい加減にしろ」

兵部が突き放したところで、

「おるか」

左膳が入って来た。

「丁度いいではないか。おまえから頼め」

兵部は庄右衛門に向かって顎でしゃくった。

「わかりました」

力なく庄右衛門は言った。

庄右衛門は平伏した。

左膳は、「しばらくだな」と声をかけた。兵部が、

「親父殿、川上殿が頼みたいことがあるそうだぞ」

と、言った。

「ほう、なんじゃ。そなたの頼みではなく、殿か大殿の頼みであろう」

左膳の見通しに、

「お察しの通りです」

庄右衛門は言ってから横目で兵部を見た。兵部はそっぽを向いた。

「なんだ」

左膳は促した。

「実は榛名金山講に殿が……」

庄右衛門は宗里が榛名金山講に千両を出資した経緯を語った。

「困ったものです」

申し訳なさそうに庄右衛門は言い添えた。

「千両か……それは痛いな」

左膳は小さく唸った。

「殿は御家老しか頼る者はいないのです。来栖左膳こそが武士の中の武士、とそれはもう頼りになさっておられます」

卑屈なまでに庄右衛門は左膳を持ち上げた。絶対引き受けさせろ、と宗里からきつく命じられているのだろう。

「御家老はよしてくれ」

左膳は言った。

庄右衛門は謝ってから、

「お願いします」

と、恥も外聞もなく土下座をして頼み込んだ。ここで兵部が、

「いくら来栖左膳でも無理は無理だ。親父殿、はっきりとお断りなされ」

と、割り込んだ。

庄右衛門はうなだれた。

「いや、面白そうではないか」

という左膳の言葉に、

「親父殿……」

兵部は啞然としたが、

「ありがとうございます」

と、庄右衛門は盛んに礼を述べ立てた。

「親父殿、無謀というものではないか」

兵部は不満そうだ。

「実はな、その無謀な榛名金山講の問題に足を突っ込んでしまったのだ」

左膳は打ち明けた。

「それは、心強い」

庄右衛門は喜んだ。

「但し、殿にお願いがある」

左膳は庄右衛門を向いた。

「はあ」

庄右衛門はきょとんとした。

「榛名金山講の背後には御老中高野備前守さまが控えておられる、という噂がある。殿も高野さまの存在を気遣って千両もの金を出したのだろう」

左膳が確かめると、

「その通りです」

庄右衛門はうなずいた。

「では、わしは高野さまに会う。ついては、殿の紹介状が欲しい」

左膳は言った。

「殿に頼んでみます」

庄右衛門は請け負った。

兵部が、

「親父殿、高野さまに直接談判に及ぼうというのだな」

と、問いかける。

「町奉行所が動かないのは、榛名金山講の背後に高野さまの存在があるからだと、専(もっぱ)らに噂されておる。まずは、それが事実なのかどうかを確かめる」

左膳の考えに、

「ごもっともです」

庄右衛門は納得した。

「親父殿らしいな」

兵部は首肯した。

「相手は老中だ。もし、老中が榛名金山講に関わっておるのなら、知らぬ顔を決め込むことは許されない」

強い口調で左膳は断じた。

これには、

「その通りだ」

兵部も同意した。

「高野さまはまことに関わっているのでしょうか」

庄右衛門は疑問を呈した。

「それを確かめると申しておろう」

「関わっていたのなら、どうしますか」

庄右衛門は言った。

「責任を取ってもらう。被害を受けた者に全額を返金してもらう」

断固として左膳は主張した。

「それができればなあ」

兵部は疑わしそうである。

「何事も無理だと思って事に当たっては成るものも成らないのだ」

毅然と左膳は告げた。

「ありがとうございます」

庄右衛門は喜び勇んで道場から出ていった。

庄右衛門がいなくなってから、

「親父殿、榛名金山講、今後どうなると思う」

真面目な顔で兵部は訊いた。

「このまま逃げきるつもりだろう」

「金を採掘していたのだろうか」

兵部は疑問を呈した。

「月に二度、採掘の様子を報せてきたり、本日の説明会では出費の詳細を説明しておったがな」

怪しいものだ、と左膳は言った。

「今な、妙な噂が流布されておる」

兵部は一枚の読売を差し出した。

そこには榛名金山講に出資した者たちを批難する内容が記されてあった。欲をかき、金に目が眩(くら)んで榛名金山講に出資した挙句に榛名金山講は採掘に失敗した、よって自業自得だ、という内容である。

「榛名金山講本部で聞いた。大事な金を榛名金山講に出資するから罰が当たったとか、自業自得だと責められておるようだ」

苦々しそうに左膳は語った。

「一筋縄(ひとすじなわ)ではゆかないな。親父殿、これは、単純な悪党ではない。剣にものを言わせるわけにはいかぬぞ」

兵部の言葉に、

「だから、おまえの出る幕はないな」

冗談めかして左膳は返した。

「いや、その通りだ」

兵部は自分の頭をぴしゃりと叩いた。

「ま、それはよいとして、今回の一件、老中高野備前守が鍵だな」

左膳の考えには、

「おれもそう思う」

兵部も同意した。

「高野備前守、新任の老中だ。これまでに、相当な辣腕を振るっていたそうだ」

高野は、元々は旗本の三男だった。昌平坂学問所きっての秀才と評され、榛名藩高野家に養子入りした。その後、侍従、寺社奉行、大坂城代、京都所司代を経て今年から老中に就任したのである。

「殿は高野に取り入ろうとしておるようだ。よって、関係の悪化は避けたいのだろうな」

兵部は言った。

「そこが殿の優柔不断さだ。千両も取り返したい、高野との関係も良好でいたい……」

ここまで左膳が言ったところで、

「しかも自分の手は汚したくない、ということだな」

兵部は苦笑した。

「まったく、罷免しておいてこき使うものだ」

左膳は苦笑した。

五

明くる二十六日、左膳は次郎右衛門と共に北町奉行所にやって来た。

意外にもすんなりと次郎右衛門からの榛名金山講への訴えは受け入れられた。世間が騒ぎ始め、町奉行所も無視できなくなったということか。

喜ばしい誤算であったが、手持ち無沙汰となった。すると、近藤銀之助がやって来た。

「今、鈿女屋次郎右衛門が訴えの手続きを行っておる。思ったよりも、すんなりと受け付けてくれた」

左膳が言うと、

「こちらにいらしてください」

近藤はひそひそ声で語りかけてきた。無言で承知をすると、小部屋に通された。そこには藤堂を訪ねた際に会った年配の同心河野半兵衛がいた。

「来栖左膳殿……出羽鶴岡藩大峰能登守さまの江戸家老をお務めであられたのですな」

河野は確かめるように切り出した。

「今は一介の傘張り浪人でござる」

左膳は一礼した。

「いやいや、来栖殿のお噂は耳にしております。凄腕の剣客であるばかりか、探索もお手の物、とか」

「買い被りはその辺にしてくだされ」

と、制し、用向きを確かめた。

河野はちらっと近藤を見て、

「榛名金山講の一件でございます。近藤を後押ししてくださっておるようですが、手を引いて頂きたいのです」

と、申し出た。

「手を引けとは、今後は北町で対応するということですかな」

左膳が確かめると、

「まあ、そんなところです」

奥歯に物が挟まったような物言いを河野はした。近藤は目を伏せている。

「北町は本腰を入れて榛名金山講を調べるのですな」

左膳は念を押すように訊いた。

「日々、榛名金山講の被害を受けた町人から訴えがきております。奉行所として見過ごしにはできませぬ」

河野は言った。

「わかりました。近藤殿と榛名金山講を探ることはしませぬ」

左膳が約束すると、ほっとしたように河野は一礼した。

「但し、わし独自に探索を行います」

左膳は毅然と言った。

「それは……」

困惑して河野は首を傾げた。目は警戒の色を帯びている。

「私的なことです」

大峰宗里からの依頼だとは言わないでおいた。

「なに、奉行所に迷惑はかけませぬ」

左膳は笑顔を作った。

「そうですか……」

河野は踏み込むのを憚った。

「ところで、北町は榛名金山講から返金させる目途を立てておられるのですか」

左膳の質問には、

「まあ、それなりに」

河野は曖昧な返事しかしない。

「昨日、榛名金山講の本部で行われた説明によりますと、榛名金山講は出資金を全て使い果たし、更には赤字だと申しておりました。その主張を鵜呑みにはできませぬが、さりとて榛名金山講の実態を調べるとなると、上州の榛名山奥にあるという採掘現場に出向かねばなりません……御老中高野備前守さまの御領内に立ち入ることになりますな」

本気か、と左膳は確かめた。

河野は表情を変えることなく、

「その許可を御老中に求めております」

と、言った。

「そうですか」

これ以上は疑うことはできない。

左膳は帰ろうとした。

すると河野に止められた。

「これは忠告です。一度しか申しませぬ」

河野は厳しい顔で前置きをした。

「承（うけたまわ）ろう」

左膳は静かに見返した。

「榛名金山講には恐るべき剣客たちが揃っておる、と耳にします。来栖殿の腕は聞いておりますが、さすがに大勢となりますと、お命に関わりましょう。あまり、深入りをなさらぬがよろしかろうと思います」

いかにもといったように河野は左膳の身を案じた。

「ご忠告、痛み入る」

左膳は一礼して立ち去った。

北町奉行所が何処まで本気で榛名金山講の探索を行うのかはわからない。それにしても、榛名金山講は本部で見た用心棒の他に、手練（てだ）れの者を雇っているということだ。その者たちは榛名金山講が解散しても留まっているのだろう。

ということは、榛名金山講はやましさを覚え、守りを固めているということだ。

北町奉行所を出て、以前近藤と待ち合わせた稲荷に差しかかった。爽やかな秋空の下、往来に鳥居の影が落ちている。そこに、人影が混じった。

と、境内から一人の侍が出て来た。黒覆面で顔を隠し、紺の小袖に裁着け袴、羽織は重ねず、襷を掛けていた。

左膳を斬ろうと待ち構えていたようだ。

果たして侍は無言で左膳の前に立ち塞がった。小太りのようだが無駄な肉はついていない。覆面で隠された顔は丸みを帯び、覗く目は細い。

「念のために申す。わしを来栖左膳と知って立ち会いを求めるのだな」

左膳が声をかけると侍は返事の代わりに刀を抜き放った。日輪を弾く刀身は手入れがなされ、互の目刃文が匂い立つようだ。

左膳も抜刀した。

敵は下段に構える。

左膳は正眼だ。

対峙する間もなく、男は間合いを詰め、白刃で左膳の脛を掃った。

すばやく左膳は跳び退く。

白刃は風を切り、太刀筋の残像が左膳の目に刻まれる。小太りの体形には不似合いな敏捷な動きで男は脛掃いを繰り返した。

左膳は後退しながら大刀を下段に構え直して斬り上げた。

刃がぶつかり合い、男は刀を持ち上げた。

間髪容れず、左膳は突きを放った。

来栖天心流剛直一本突きである。相手の喉笛を正確に貫く、強力な突き技であるが、敵もさる者、丸い顔をさっと右に避け刃の切っ先を外した。

腰が定まっていなかったな、と左膳は反省した。敵の脛掃いに後退を繰り返しての反撃が必殺の剛直一本突きの精度を鈍らせた。

それでも、間一髪の恐怖を感じたのか、黒覆面から覗く細い目は瞬きが繰り返され、額のあたりが汗で染みを作っていた。

左膳と男は改めて構え直した。

すると、複数の足音が殺到した。みな、黒覆面で顔を隠し、襷掛けで白刃を翳している。総勢四人が男の加勢に駆けつけたようだが、左膳は一目見て、男の技量に劣ると思った。

それを裏付けるように男は心なしか迷惑そうだ。

左膳は男の左に立った二人に斬り込んだ。案の定、二人は及び腰となり、めったやたらと刀を振り回すばかりだ。

日が高いうちの刃傷沙汰、しかも北町奉行所に近いとあって、道行く者から通報を受けた同心たちがやって来る。

男は刀を鞘に納め立ち去った。他の四人も先を争って男の後を追った。

襲撃され、河野の忠告を聞いておけばよかった、という悔いはない。

敵は素性を明かさなかったが榛名金山講に関わる者たちに違いない。しかも、浪人ではなく身形の整った武士たちであった。となれば、彼らは榛名藩高野備前守の家来たちだろうか。

いずれにしても、刃を交えたからには、今後は命を賭した戦いとなろう。気が引き締まると同時に腕が鳴った。

六

自宅に戻ると、川上庄右衛門が来ていた。

庄右衛門はにこにことして何度も頭を下げ、宗里から高野への紹介状を持参した、と言った。

中を検める。宗里は、癖はあるが中々達筆である。左膳のことを褒め上げ、やむを得ざる理由により御家を去ったとしてあった。内心で苦笑しつつ懐中に仕舞う。

「時に殿は高野さまと事を構えることを辞さぬ覚悟はなさっておるのか」

左膳が確かめると、

「ござります」

庄右衛門は言った。

「ほう、そうか」

左膳は言ってから、

「町方も榛名金山講探索に動き出したようだ。そのことと関係があるのか。つまり、幕閣で高野さまを排斥する動きがあるのか」

左膳の推論に、

「さて、そこまではわかりませぬが、そのような噂もあるようです。と、いいますのも、高野さまはとても切れ者という評判です。切れ者とは、とかく敵を作るものです」

庄右衛門は答えた。

「まさしく、その通りだな」

左膳もうなずいた。

「殿は、そのあたりの世渡りを考えておられるのでしょう」

「殿らしいのう」

左膳は笑った。

「殿にすれば笑い事ではござりませぬ」

「それは、その通りじゃがな」

「御家老、よくおわかりではありませぬか。まあ、その辺の匙加減はどうぞよしなに」

庄右衛門は頭を下げた。

「匙加減と言うはたやすいがな、わしは高野さまの御家中らしき者どもに襲われたのだぞ」

左膳が教えると庄右衛門は頬を引き攣らせて返した。

「ご、ご無事だったのですか」

驚きの余り、とんちんかんな問いかけをした庄右衛門に、

「無事だからこうしておまえの頼み事を聞いておるのではないか」

と、苦笑を投げかけた。

「はあ……それはその通りでござりますな」

庄右衛門はほっと安堵の息を吐いた。

「もっとも、相手は素性を明かさなかったゆえ、高野家の家臣とは決めつけられぬがな。身形整った武士が五人、浪人でないことは確か。となれば、大名家の家臣か旗本の家臣、目下、真剣を交える因縁ある者は、高野家以外に思い当たらぬ」

淡々と左膳は考えを述べ立てた。

なるほどと聞いていた庄右衛門は危機感を募らせ、

「やはり、榛名金山講の背後には榛名藩、高野家が控えておるようですな。高野備前守さまが御家老に刺客を差し向けたとなりますと、大峰家を敵視しておられるのでしょう」

これはまずい、と嘆いた。

「ならば、榛名藩邸訪問をやめるか。敵視されておるとなると、返金交渉どころではないからな」

左膳が言うと、

「いえ、まだ、高野さまが当家を敵視しておると、決まったわけではござりませんので……」

庄右衛門らしい優柔不断な態度になった。

「ともかく、引き受けたからには予定通りに訪問を致す」

庄右衛門の迷いを断ち切るように左膳は告げた。

「それはありがたいですが、御家老、飛んで火に入る夏の虫にはなりませぬか」

今度は左膳の身を案じた。

「藩邸を来訪した者を斬りはせぬ。大峰能登守さまの紹介状を携えておるのだしな。白昼、自邸を血で汚すような真似は致さぬだろう」

左膳の見通しに、

「そうであればよいのですが……もし、御家老のお帰りがないと兵部さまに聞きましたら、拙者、榛名藩邸に乗り込み、事の次第を質します」

庄右衛門は意気込んだ。

「ま、そうならぬことを願う。それと、榛名藩邸を訪れるのが楽しみにもなった。高野備前守さまが応対してくださるとは思わぬが、応対に出る者は家来どもがわしを襲ったことを存じておるはず。どのような様子でわしと会うであろうな」

左膳は笑みを浮かべた。

「なるほど、まともに御家老と目を合わせられないのではありませぬか」

庄右衛門も笑った。

「さて、敵の器量、度量というものがわかるかのう」

左膳は藤堂正二郎を思い出した。

ひょっとしたら、自分を襲った者たち、藤堂殺害の下手人（げしゅにん）かもしれない。

第三章　うどんの功名（こうみょう）

一

二十七日の昼下がり、左膳は江戸城西の丸下にある高野備前守昌盛（まさもり）の上屋敷にやって来た。羽織袴、下ろしたての白足袋を履いてきた。

奥の書院に通される。

待つ程もなくやって来たのは予想通り高野ではなく、江戸家老井川五郎左衛門（いかわごろうざえもん）であった。裃に威儀を正した井川は脂ぎった中年男だ。昼間から飲んでいるのか、と見まがう程の赤ら顔である。

「殿は多忙でござってな」

口調はざっくばらんとしたもので、目元が緩（ゆる）まり、人の好さを感じさせた。

この男が自分を襲わせたのか、と疑いの目で見る。井川は毛程の素振りも見せない。井川が指図したとしたら、相当にしたたかだ。

左膳がうなずいたところで、

「来栖左膳殿、ご高名は聞いておりますぞ。大峰家を離れ、市井にお暮らしとは先代藩主白雲斎さまの深謀遠慮との噂もありますな」

井川は探るような目をした。

「迷惑千万な噂に過ぎませぬ。わしは現藩主能登守宗里さまの勘気を被って罷免になったのでござる。今はただの傘張り浪人です」

いつもの台詞を左膳は述べ立てた。

「一介の傘張り浪人が能登守さまの使者となりますかな」

皮肉ではなく井川は警戒心を深めたようだ。

「その辺の事情はいささか複雑でござって、今ここでお話しをするのは本来の用向きではござらぬゆえ、平にご容赦くだされ」

慇懃に左膳は返した。

「承知しました。立ち入りませぬ。して、能登守さまの御用向きを承りましょう」

井川は表情を引き締めた。

「榛名金山講でござる」

左膳が切り出すと、

「何やら世間を騒がせておりますな」

惚けているのか本音なのかわからないが井川は他人事のようだ。

「榛名金山講は高野さまのご領内で金の採掘を行っていますな」

左膳の指摘を受け、井川は語った。

「そのため、当家や殿に対する誹謗中傷が巷に溢れておるようですな。曰く、榛名金山講の背後には老中高野備前守が控えておる、それゆえ、町奉行所は手出しができず、榛名金山講はまんまと大金を騙し取って逃げおおせる、と」

井川の目が鋭く凝らされた。

「そのようですな。口さがない者どもが好き勝手に流す噂話に過ぎない、と一笑に付すこともできましょうが、ご領内の山を高野家とは縁も所縁もない者どもが好き勝手に採掘などできぬのも事実……ではござらぬでしょうかな」

落ち着いた口調で左膳は高野家の榛名金山講への関与を問いかけた。

「なるほど、そう勘繰られるのもごもっともですな。ですが、榛名金山講が採掘を行っておった場所と麓の村は当家の領地ではござらぬ」

意外なことを井川は言い出した。

「と、おっしゃいますと、一体、どなたの……」

予想外の井川の答えに左膳は戸惑いつつも問い返した。

井川は肩をすくめた。

次いで、

「お答えする前に、能登守さまの御用向きを承ろう」

と、左膳の目を見た。

「殿は……いや、能登守さまは榛名金山講に多額の金を出しました。その金、榛名金山講が解散し、回収の見込みが立たぬのが実状でござる。ついては、高野さまなら榛名金山講の事情をおわかりかと推察し、実状を聞いてくるよう頼まれた次第でござる」

さすがに金の取り立てだとは言えず、左膳は遠回しに語った。

井川は肩をそびやかし、

「なるほど……」

と、小さくため息を吐いた。

「ですが、井川殿が申されたように榛名金山講が採掘しておった所が高野家の所領ではない、としますと、出資金の行方などもおわかりになりませぬな」

左膳は言った。

わかって頂けたようですな、と井川はうなずいた。

「それでも敢えて問いますが、採掘現場には高野家の家臣方の姿があった、という話も耳にしました」

丸め込まれてはならじ、と左膳は高野家の関与を指摘した。領内でない土地を家臣が巡回するはずはないのだ。

「採掘現場周辺は当家の所領ですからな、家臣の姿があっても不思議はござらぬ。実を申せば、能登守さま以外にも何人かの大名方が榛名金山講について問い合わせを寄越しております。能登守さまと同様、榛名金山講は当家が管理、運営しておったと考えてのことでしょうな。しかし、申したように当家とは関係ござらぬ。能登守さまや他の大名方は老中職にあるわが殿を気遣って多額の金子を榛名金山講に預けたのでしょうがな。御気の毒です」

井川の口ぶりはまるで他人事のようだ。

「無関係と申されるが、備前守さまもそうした風潮はご存じであったのではないですかな。それなら、高野家とは関わりがない、と榛名金山講が活動をしておった頃より、明らかになさってしかるべし、と存じますが……」

左膳の苦言に、

「明らかにする、とはどういうことでござる。江戸城中で殿が榛名金山講とは無関係だと公言するのですか。それは場違いと申すもの。当家が榛名金山講と関わりを持つとは能登守さまや大名方が勝手に思い込んだことでござる」

人の好さそうな顔で井川は繰り返した。

「では、高野家の家臣方が榛名金山講の採掘現場周辺に出没するだけではなく、現場を巡回しておったそうですが、事実とすれば高野家と榛名金山講の関わりが勘繰られますぞ」

左膳はそのことをぶり返した。

「あれは依頼されたからでござる」

動じることなく井川は言った。

「榛名金山講に依頼されたのでござるか。それなら、無関係ではないですな」

左膳は迫った。

井川は横を向いた後に、

「これは、内密に願いたい。他家からの問い合わせには答えておりませぬゆえな。拙者、来栖殿には畏敬の念を抱いておりますゆえ、敢えてお答えする次第」

と、前置きをした。

「他言致さぬ」

左膳も約束をした。

軽く井川はうなずき、

「榛名金山講が採掘しておった榛名山の奥深くと麓近くのある村は、お志乃の方さまの化粧料地でござる」

お志乃の方は将軍徳川家斉の側室、数多いる側室の中でもひときわ家斉の寵愛を受けている、と評判である。

「お志乃の方さまの領地ということは、榛名金山講はお志乃の方さまと関係があるのですな」

左膳が確かめると、

「さて……まあ、その辺のことは……拙者はよく存じませぬので、無責任なことは話せませぬな」

井川は言葉を曖昧にして核心には触れない。

「これは、榛名金山講の複雑さを思わせますな。高野家が採掘場所近辺を巡回しておられたのは、お志乃の方さまからの御依頼ですか」

「お志乃の方さまのご依頼で国許の者どもが動いたのではないでしょうな。拙者が考えるに、金山というと、どうしても、酒場、遊女屋、賭場が立つ。勢い、坑夫どもは乱暴することもある。それゆえ、当家の領内で問題を起こさないように、当家の裁量で巡回をしておったのでしょう」

あくまで推測だと井川はくどいくらいに言い添えた。

「事情はわかり申した」

とりあえず、納得するふりをした。

それはよかった、と井川は首肯する。

「しかし、こうなると、榛名金山講からの返金、どうにも希望が見えませぬな」

左膳は腕を組んだ。

「まさしく」

井川はうなずく。

「それにしましても、お志乃の方さま、榛名金山講との関わりが明らかとなれば、お立場が悪くなりましょう。いくら、公方（くぼう）さまの寵愛を受けておられるとはいえ、これほどの被害をもたらしておるのですからな」

「いかにも」

深入りはすることなく井川は応じた。

「高野備前守さまはいかにお考えなのですかな」

左膳は目を凝らした。

「さて、これが苦しい立場でござる。世間ではわが殿が榛名金山講の背後に控えておる、と信じておりますからな。ですから、無関係だと知らぬ顔は逃げと取られかねませぬ。殿はいかにすればよいか、思案をしておられます。榛名藩主として老中として……お仕えする者が申すのは僭越ながら、殿はまこと責任感の強いお方ですのでな」

井川は誇らしげに主人を自慢した。

そのしたり顔に左膳は苛立ちを覚え、

「では、備前守さま、明らかにすればよろしかろう。榛名金山講が掘っておった山はお志乃の方さまの化粧料地だと。事実を明らかにするのは、榛名藩主、そして老中にあるお方として当然と存ずる」

ずばりと指摘した。

「それは……そうでござるが」

事はそう簡単ではない、と井川は曖昧に濁した。

「このままでは、身に覚えのない一件で老中職を辞さねばならなくなるかもしれませぬぞ」

今度は危惧の念を示した。

「そこは、なんとか……」

井川は口をもごもごとさせた。

いかにも言い辛そうである。

これ以上は、らちが明かないようだ。

宗里は千両を諦め、泣き寝入りするしかないのだろう。宗里ばかりではない。数多の町人がなけなしの金を失うのだ。これから、自害する者が続出する、と思いやられる。

いくら、将軍の側室でも許されることではない。

そう思うと左膳の胸は焦がされた。

「来栖殿、せっかく足を運んでくださったのに無駄足となり、なんだか申し訳ござらぬな。いや、まこと」

井川は首を左右に振った。

「お気遣い無用、無駄足は慣れております」

左膳は腰を上げた。

「では、これにて」

井川は一礼した。


左膳が帰ってから入れ替わるように家臣が入って来た。丸い顔に細い目、小太りだが所作（しょさ）は機敏である。

「御家老、直（ただ）ちに来栖を追いかけ、今度こそ仕留めます」

男は井川の前に正座した。

「村田（むらた）、やめておけ」

渋い顔で井川は制した。

「村田小四郎（こしろう）、命に代えても来栖を始末します」

村田は意気込みを示した。

「そなたがしゃかりきになるのはわかる。手柄を立てれば、加増し上士に取り立てる、とわしは持ちかけた。そなたの腕を買ってのことじゃ」

理解を示すように井川は表情を柔らかにした。

「ご期待に応えられず、来栖を取り逃がしました。しかも、五人がかりで……この上はわし一人で来栖を倒し、会稽の恥を雪ぎたいと思います」

拳を握りしめ、村田は訴えかけた。

「ならぬ。今、来栖を襲えば当家に疑いの目が向けられる。今、当家は榛名金山講の背後に控える大きな力、と批難の声が上がっておるのじゃ。それはよい。そうなることは、織り込み済みゆえな。じゃが、ここで来栖を殺したとなると、世間の声が雷鳴の如くなり、殿は老中職を辞さねばならなくなる。軽挙妄動は慎むのじゃ」

噛んで含めるように井川は村田を諭した。

村田はうなだれた。

「わかってくれたようじゃな。なに、これからも上士に昇進する機会はある。焦るな」

井川は村田の肩を手でぽんと叩いた。

感に堪えない声を村田は漏らした。

「御家老……」

「それにしても、来栖左膳、そなたから襲撃の様子を聞き、恐るべき使い手とは思っておったが面談に及んでみると肝も据わっておる。来栖を罷免するとは大峰能登守の器量が知れるのう」

井川が左膳を誉めたのが悔しいようで、

「必ずや、わが刀の錆(さび)にしますべえ」

気持ちが昂るあまり、村田は上州訛(なま)りを隠せなかった。

二

左膳は小春にやって来た。

「しばらくですこと」

春代が挨拶をした。

次いで、

「奥に……」

と、奥にある小座敷を見た。

大峰家の隠居、白雲斎が来ているそうだ。榛名金山講からの返金の目途を確かめにきたのだろう。

左膳は小座敷に上がった。

「先にやっておるぞ」

白雲斎は杯を持ち上げた。

二年前、還暦を機に白雲斎は家督を宗里に譲った。幕府老中を務めていたのだが、老中職も辞し、根津にある中屋敷で悠々自適の余生を送っている。

白雲斎は幕府老中を務めた切れ者であったが、幕政ばかりか大峰家鶴岡藩の藩政においても辣腕を発揮した。財政難に苦しむ大台所を改善すべく、領内の名産紅花の栽培を振興し、鶴岡湊を修繕し、新田を開墾し、領内を活性化させて名君と評判を取った。

還暦を過ぎ、髪には白いものが目立ち、髷も以前のように太くはないが、肌艶はよく、何よりも鋭い眼光は衰えていない。面長の顔に薄い眉、薄い唇が怜悧さを漂わせてもいた。総じて老中として幕政に辣腕を振るってきた威厳を失ってはいない。

今日に限らず白雲斎は左膳と酒を酌み交わすのを楽しみとしている。

「畏れ入ります」

左膳も春代から杯を受け取り手酌で酒を注いだ。

「高野備前守さまの屋敷を訪れた一件でございますな」

早速、左膳は確かめた。

「宗里め、まったく、欲をかきおって……あ奴はとかく目先の利に踊らされる。それではまっとうな政（まつりごと）はできぬ。実に困った奴じゃ」

白雲斎はひとしきり宗里をなじった。

それから、左膳を労（ねぎら）ってから左膳の言葉を待った。

「結論から申しますと、返金は難しいですな」

左膳の言葉を受け、

「やはりのう」

苦虫（にがむし）を嚙んだような顔で白雲斎は杯を食膳に置いた。榛名金山講が採掘をしていたのが榛名藩高野家の領地ではなく、将軍家斉の側室、お志乃の方の化粧領地だとは言えない。井川との約束がある。気に食（く）わない男であったが武士同士の約束は何にも勝（まさ）るのだ。

　すると、

「榛名金山講が掘っておった山、お志乃の方殿の化粧料地であるな」

白雲斎は知っていた。

「よくご存じですな」

左膳は感心した。

「それしきのこと」

白雲斎は苦笑を漏らした。

「ならば、幕閣では高野さまが榛名金山講とは無関係だとは、周知のことなのですな」

左膳は確かめた。

「お志乃殿の化粧料地であるとは、幕閣の間では公然の秘密、というやつじゃな」

白雲斎は手で顔をつるりと撫でた。

「では、この騒ぎが収まるまで高野さまは汚名を着続けるのですか。それは、ひょっとしてお志乃の方さまに恩を売るためですか」

左膳の問いかけに、

「そういう見方がされておるようじゃな」

白雲斎は認めた。

「では、殿もそのことは承知なのでしょうか」

「宗里には今日教えてやった。千両は返ってこない、という見通しと共にな。宗里は落胆し、そなたを高野屋敷に遣わしたことを打ち明けおった」

「殿は千両を諦めたのですかな」

「泣き寝入りをするであろうな……いや、諦めの悪い奴じゃから、またぞろ、そなたに頼むかもしれぬがな」

白雲斎は冷笑を浮かべた。

「しかし、町人にも数多の被害が出ております。お志乃の方さまと榛名金山講の関わりは何でしょう。山師、犬養宝山とお志乃の方さまはどのような繋がりがあるのでしょうな」

左膳は疑問を呈した。

「それは、わしも知らぬ」

白雲斎は首を左右に振った。

「そもそも犬養は金の鉱脈があると信じていたのでしょうか」

原点に立ち返った。

白雲斎は黙っている。

「初めから、詐欺を目的として始めたのかどうか、それは犬養本人に確かめぬとわからぬでしょうが。説明会で犬養は落盤事故で瀕死(ひんし)の重傷を負ったとのことでしたが、果たしてそれも本当なのかどうかわかりませぬな」

勘繰れば切(きり)がない、と左膳は小さく息を吐いた。

「これは、面白いかもしれぬな……いや、首を括った者もおるのじゃったな。いかにも不謹慎であった。失言じゃ、聞き流せ」

白雲斎は反省の言葉を口に出したものの、その目は爛々と輝いている。

「白雲斎さま、好奇心が疼きましたか」

左膳が言うと、

「わしも暇じゃからのう」

白雲斎はにんまりとした。

「お怪我をなさいますぞ」

左膳の忠告を、

「わかっておる。年寄りの冷や水と思うであろうがな、わしも榛名金山講騒動に一枚嚙みたくなった。このままうやむやにしてはならぬ。お志乃殿に関わる懸念で幕閣どもが臭いものに蓋をすれば、将来に禍根を残す。手を変え品を変え、詐欺を働く者が現れる。榛名金山講を見逃せば、詐欺を助長させるのじゃ」

白雲斎は好奇心だけではなく正義感にも駆られているようだ。

白雲斎が熱弁を振るったところで春代が顔を出した。

「お邪魔でしたか」

春代は酒の替わりと肴を持って来たのだが、気を昂らせた白雲斎を目の当たりにして戸惑った。

「いや、楽しんでおったところじゃ」

白雲斎は上機嫌で声をかけた。

「何かよいことがあったのですか」

ほっとしたように春代は問い返した。

「金山掘りをしようと思い立った」

真顔で白雲斎は言った。

「まあ、それは夢のあることですね。ですが、榛名金山講の騒ぎもありますから、金山なんてそうそう見つかるものではありませんよ。労あって得るものなし、では大変です」

春代は大真面目に心配した。

「それゆえ、掘り当てるのが楽しみなのじゃ、のう、左膳」

白雲斎に話題を振られ、

「いかにも」

左膳も応じた。

「殿御方は夢があってよろしいですね」

春代は皮肉ではありませんよ、と言い添えた。

「そなたとて夢を持てばよかろう」

白雲斎の勧めに、

「夢ですか……」

曖昧に答え、春代は小座敷を出た。

三

近藤銀之助は榛名金山講探索から外された。

北町奉行所は榛名金山講の被害者から訴えを受け付けているものの、具体的な行動には出ていない。誰も榛名金山講の本部に足を向けない。ましてや、上野国榛名山深くの採掘現場の探索など話題にすら上(のぼ)らない。

訴えを受け付けてから数日が経過した。なんとも鬱屈した気持ちを抱(いだ)きながら、奉行所の門を出た。すると、女が立っている。

近藤と目が合うと、立ち去ろうとした。

「おい、用事か」

近藤は呼び止めた。

女は立ち止まったものの、うつむいてしまった。やましいことがあって、奉行所に自首してきたのはいいが、やはり、やめておこうと迷う罪人のようだ。

「訴えがあるのではないか」

近藤は優しく問いかけた。

「いえ……」

うつむいたまま女は小声で否定した。

「何か用事があるのだろう。せっかく、奉行所まで来たのだ。わたしでよかったら話を聞く」

近藤は言った。

「ありがとうございます」

女は目を上げた。

「ひょっとして榛名金山講に金を出したのではないのか。ならば、訴えを受け付けておる。さあ、こちらだ」

案内しようとしたが、

「藤堂の旦那のことなんです……」

女は言った。

「藤堂さん……」

意外な答えに近藤は背筋をぴんと伸ばした。同時に不穏なものを感じる。

周囲を見回し、

「わかった。話を聞こう」

近藤は奉行所の中に案内しようとしたが、

「あの……近藤さんという若い同心さんを呼んでくださいますか」

またも予想外なことに女は近藤の名前を告げた。近藤は女を見返し、

「わたしが近藤だが」

と、返す。

女の顔が安堵に包まれた。

「さようでしたか……あたしは信と申します」

お信は腰を折った。

近藤がうなずくと、

「図々しいお願いなのですが、これから一緒に来て頂けませんか」

お信の申し出を聞き、

「構わないが……何処までだ」

好奇心と警戒感の狭間で揺れながら近藤は訊いた。

「薬研堀です」

よろしいですか、とお信は確認した。

「構わぬが……」

答えてから不安が募ったが、お信の秘密めいた接しようが、八丁堀同心の探索心を刺激する。何よりも藤堂正二郎に関わる用事がありそうだ。となれば、藤堂の死に関する手がかりが得られるのではないだろうか。

お信は歩き出した。

お信の案内でやって来たのは薬研堀にある、一軒家であった。五十坪程の敷地に建つ二階家である。

迂闊なことにお信が何をしているのか確かめていない。用向きを訊きながら確認しよう。門口から中に入る。

庭は狭いながらも手入れがなされていて、雑草は生えていない。母屋の縁側には朝顔の鉢植えが並んでいた。

母屋からは人の声が漏れてくる。女ばかりのようだ。一体、ここはなんだろう、と思いながら近藤は母屋の玄関に立った。

お信が格子戸を開ける。

「帰ったよ」

お信は声をかけてから近藤に上がるよう目で告げた。

お信に続き、近藤は上がった。

左手が広めの座敷となっていて、女たちがいる。ざっと、十人くらいだろうか。花札に興じている者、酒を飲んでいる者、草双紙(くさぞうし)を読んでいる者、寝ている者、各々、思い思いに過ごしている。

「あたしら、夜鷹(よたか)なんですよ」

ざっくばらんな口調でお信は打ち明けた。

「そうか……」

納得した。夜の商いに出るまでくつろいでいるのだろう。

「夜鷹の用向きはお聞き届けくださいませんか」

心持ちお信の口調はきつくなった。

「そんなことはない」

首を左右に振って近藤は返事をすると、奥です、と廊下を進んだ。六畳程の座敷である。裏庭に面していて障子が開け放たれている。庭を赤とんぼが舞い、萩が紅の花を咲かせ、大川の水面が煌めいていた。

物干しがあって洗濯ものが干されているのが女たちの生活を実感させる。

「ここは、お頭の部屋だったんですがね、少し前に亡くなってしまって」

お頭はお花といい、両国界隈の夜鷹を束ねていたのだという。

「病か」

近藤の問いかけにお信は首を左右に振り、

「身投げですよ」

乾いた口調で答え、眼前を流れる大川に視線を向けた。

「自害か……」

「あたしは殺されたんだって思っています」

お信は近藤に視線を転じた。

「不穏なことを申すのう」

嫌な予感で近藤の胸は閉ざされた。藤堂の顔が脳裏を過る。

果たして、

「藤堂の旦那と同じですよ」

　お信は告げた。

「ということは、榛名金山講に殺された、と考えておるのだな」

　近藤はお信を見返した。

「そうです」

　一瞬の迷いもなくお信は肯定した。

「お花は榛名金山講に入講して金を出していたのか」

「自分ばかりか、夜鷹で希望する者のお金を預かって、榛名金山講に出していました。あたしも少しですけど」

　お信は三両だと言い添えた。

「お花は……」

「自分と夜鷹たちのを合わせると、五十両ばかりですね」

　お信はしんみりとなった。

　お花は面倒見がよく、自身も長年に亘って夜鷹をやり、先代の頭から地盤を受け継いだ。夜鷹を寝泊まりさせ、食事や健康を管理していた。また、乱暴な客への応対、夜鷹の用心棒代わりのやくざとの交渉もしていたそうだ。

「頼りになるお頭でした」

懐かしむようにお信は目をしばたたいた。

お花は榛名金山講の悪評を聞きつけ、本部に何度も足を運んで返金を求めた。しかし、一向に返金はなされなかった。

「そんでもって、お頭は藤堂の旦那に相談したんですよ」

藤堂は町廻りの途中、よく顔を出してくれたという。

「日陰者(ひかげもの)のあたしらですからね、世間さまの表街道は歩けない身です。そんなあたしらを藤堂の旦那は気遣ってくださってね、そんで、お頭の頼みを聞いて、榛名金山講と交渉に当たってくれたんですよ」

藤堂の思い出に浸り、お信の目はうるんだ。

「そうか……」

近藤の胸は締め付けられた。

「近藤さん、藤堂の旦那とお頭の仇(かたき)を取ってくださいよ」

しゃくり上げてから強い口調でお信は頼んだ。

「わかった」

決意を込め、近藤は引き受けた。

「お願いします」

お信は頭を下げた。

「藤堂さんは嵐の夜に大川に身投げをした、として奉行所では片づけられた」

「藤堂さんは、お頭の身投げを調べていたんです」

お花は藤堂が死ぬ二日前に身投げ死体として見つかったそうだ。

「藤堂の旦那は、殺しの線で探索をなさっていたんですが、北の御奉行所は身投げ、つまり、自害だってことで藤堂の旦那にそれ以上の探索をさせなかったんですよ」

身投げを思わせる死の状況、そして榛名金山講から返金がなされない、という動機があったことも、お花が自害した裏付けにされた。

「藤堂さんだけは、殺し、しかも、榛名金山講の仕業だと踏んで探索に当たっていたんだな」

近藤の問いかけに、

「その通りです」

「藤堂さんが殺された日、知っていることを話してくれ」

近藤の頼みにうなずき、

「あの夜、藤堂さんは雨の中、ここに寄ってくださいました」

藤堂はこの家に寄り、これからお花を殺した者たちと会う、と言っていたという。

「何処で会う、と……榛名金山講の本部か」

近藤が質す。

「あたしも確かめたんです。榛名金山講の本部ですかって」

それなら、たった一人で乗り込むのは危ない、と止めたという。

「違うって旦那はおっしゃったんですよ。榛名金山講の本部じゃなくて川向うの蕎麦屋だって」

両国橋を渡った、両国東広小路にある蕎麦屋で会う、と藤堂は答えたそうだ。

「蕎麦屋ということは、敵と待ち合わせていたのか」

「そうだったと思います」

「店の名は」

「月なんとかっておっしゃっていました」

記憶の糸を手繰(たぐ)るようにお信は虚空(こくう)を見上げた。両国東広小路は西広小路と共に江戸でも有数の盛り場である。蕎麦屋の数も多いが、月のつく屋号の店はそんなにはあるまい。

「わかった、行ってみる」

近藤は勢いよく立ち上がった。

「本当はもっと早く、お報せしなけりゃいけなかったんですが、怖くて」

お信は身をすくめた。

北町奉行所が重い腰を上げて榛名金山講被害者の訴えを受け付けるようになったと聞き、近藤を訪ねる気になれたそうだ。

藤堂がしばしば名前を出していた近藤銀之助を頼ることにしたのだという。

「よく、訪ねてくれた」

近藤はお信たちの期待を胸に両国橋へ向かった。

両国橋を渡り、東広小路の盛り場へとやって来た。秋晴れとあって人出は多く、喧噪(けんそう)の中、月のつく蕎麦屋を探す。

茶屋、揚弓場(ようきゅうば)、小間物屋、料理屋や軽業(かるわざ)、手妻(てづま)といった大道芸、見世物小屋、更には岡場所や男娼を置いた陰間茶屋(かげまぢゃや)も軒を連ねている。それに、蕎麦屋も多い。

路地を入った奥まった所に、

「月星屋(つきほしや)」

という蕎麦屋があった。

しかし、暖簾は出ていない。

まだ昼前とあって、店を開いてはいないのだろう。盛り場を一回りしてから、もう一度店を覗くことにした。

四半時程してから近藤は月星屋に戻った。主らしき中年の男が暖簾を出した。すかさず近藤は駆け寄り、

「北町の近藤と申す。少しばかり、話を聞かせてくれ」

と、声をかけた。

主はおやっとなったが、

「どうぞ、どうせ、客なんか来やしませんからね」

と、自虐的な言葉と薄笑いを浮かべて近藤を受け入れた。主の言葉の通り、店内は殺風景だ。土間に縁台が並べられ、埃が目立つ。土間ばかりか、縁台にも埃が残っているところを見ると、客の少なさを実感できた。

開店したばかりとあって客がいないからだけではなく、なんとなく活気がない。江戸有数の盛り場に店を構えながら何処となく鄙びた感じがするのだ。

「まあ、お座りくださいな」

主に勧められ、近藤は縁台に腰かけようとしたが埃が気になり、懐中から手巾を取り出してぱたぱたと掃った。

客にそんなことをさせても主は気にする様子もなく、

「藤堂さんのことですか」

と、切り出した。

よくわかったな、と近藤は返す。

「だって、藤堂さん、亡くなったばかりじゃないですか。同じ北町の旦那がうちにいらしたんですから、用件といやあ藤堂さんのことだって、売れない蕎麦屋にだってわかりますよ」

主の口調は滑らかで、しかもよく通る口跡だ。繁盛していない蕎麦屋とは対照的に華さえ感じた。

「それもそうだな。して、藤堂さんはこの店には何度か来ていたのか」

「時折、寄ってくださいましてね、まずい蕎麦を食べてってくださりましたよ。ほんと、義理堅いっていいますか、お優しい旦那でしたね」

おおっと、いけない、と主は自分の額を手でぴしゃりと叩き、星之介と名乗った。

「星之介とは珍しい名だな。役者でもやっておったのか」

語り口調の上手さを思って問い直すと、

「噺家だったんですよ。月亭星之介、っていいましてね。三月前までですがね」

なるほど、噺家だと聞いて納得できた。

「噺家を辞めたのは……」

話し辛いだろうと思ったが問いかけた。

「榛名金山講でござんすよ」

星之介は肩をそびやかした。

「榛名金山講に金を出していたのか」

首を傾げ、近藤は訊いた。損をしたのなら、店を出すことはできないだろうし、噺家を辞めることもなかったに違いない。

「そうじゃござんせんや。高座でですよ、榛名金山講をおちょくる噺をしたんですよ」

星之介は榛名金山講を噺にした。掘っても掘っても金は出ず、出るのは愚痴とため息ばかり、などと揶揄したそうだ。

「そんでよしときゃよかったんですがね、榛名山の山神もネタにしてしまって、罰が当たるのは榛名金山講だって……来年春の開山って謳っていましたんでね、山神さまの罰で春がこないはるなこう、なんて下手な洒落を言ったんですよ。榛名山の山神って恐ろしい荒神さまで、両手両足や首をちょん切ってしまうって噂じゃないですか。そんで、榛名金山講は山神を恐れて両手と両足、それに首も甲羅の中に引っ込めている亀だ、いや、亀よりも鈍い、とっても金の鉱脈まで辿り着けないって……調子に乗ってからかい過ぎてしまいました」

星之介は手で自分の額をぴしゃりと叩いた。これを榛名金山講が聞きつけ、御師が星之介の高座に押しかけ、嫌がらせをするようになった。

寄席の席亭と師匠に迷惑がかかる、と星之介は噺家を廃業したのだという。

それで、贔屓にしてくれた大店の商人が蕎麦屋を居抜きで貸してくれたのはありがたいのだが、

「ろくに修業なんかしていませんでね、蕎麦をろくに打つこともままならないとあって、まあ、落語で蕎麦を手繰る真似は上手いって、評判だったんですがね」

星之介は蕎麦を啜る真似をしてみせた。

なるほど、つるつると軽快に手繰る様子は蕎麦が浮かんでくるようだ。

「で、藤堂さんでしたね。ほんと、お気の毒なことで」

星之介は藤堂の死に話題を向けた。

「嵐の夜、ここにやって来た、と耳にした」

近藤は言った。

「そうなんですよ。もっとも、雨風が強まる前でしたがね」

藤堂は夜五つ頃、雨が降る中をやって来た。

「その晩は雨とあって、客がいなくて……あ、いや、雨じゃなくても閑古鳥(かんこどり)が鳴いているんですがね」

と、自嘲(じちょう)気味の笑みを浮かべてから星之介は続けた。

「藤堂さんはやって来られて、近藤さんがお座りになってる、そこに腰かけられたんですよ」

「それで……」

星之介に言われ、思わず近藤は腰を浮かした。

近藤は腰を落ち着けた。

「待ち合わせだ、とおっしゃっていたんですよ。こんな雨の夜にですかって、確かめたんですがね、内々に会うから人気(ひとけ)のない場所がいいっておっしゃって……確かにうちなら雨に関係なく人気(ひとけ)はありませんからねって、またまた自分の店を貶(けな)してしまいましたよ。どうも、噺家の時の癖が抜けないでいけませんや。噺家の時にはよく自分のしくじりをネタにしていましたんでね。で、さっきから流行らない店だって言ってますがね、これでも藤堂さんの他に足を運んでくださるお客はいるんですよ。噺家時分の贔屓筋だけじゃなくって、うちの店の味を気に入ってってね」

語る程、星之介は饒舌になった。星之介の証言は貴重だ。水を差して、気を悪くさせない方がいい、と近藤は辛抱強く聞いた。

話が途切れたところで、

「待ち合わせ相手は榛名金山講の関係者だな」

と、問いかける。

途端に、

「そうだと思いますよ……お侍でしたからね」

星之介の口調が鈍った。

「もっと、詳しく話してくれ」

「詳しくっていいましてもね。三人でしたが……」

星之介は思案を始めた。

「三人は榛名金山講の用心棒だな……浪人ではなかったのか」

近藤は浪人を想像した。

「いや、身形（みなり）の整ったお侍さまでしたよ。お三方、みなさん、羽織、袴、浪人さんのようにうらぶれた感じはしませんでしたよ。何処かのお大名のご家来衆のような」

間違いない、と星之介は強調した。

「何処の大名家だ」

「そこまではわかりませんでしたね。あたしゃ、調理場に引っ込んでいましたんでね」

星之介は調理場を見た。

「それで、どのようなやり取りであったのかもわからぬか」

「ええ」

申し訳なさそうに星之介は答えた。

「初対面の様子であったか」

近藤の問いかけに、

「お一人とは初対面ではなさそうでした。お二人は初対面の感じでしたね」

一人が二人を紹介したのだそうだ。

「そういうことか、ならば、藤堂さんは一人を呼び、その者が朋輩（ほうばい）を連れて来た、という図式なのかもしれぬ」

近藤の見通しに、

「その通りじゃござんせんかね」

星之介もうなずく。

「その大名家、榛名藩高野家ではないか」

近藤が見当をつけると、

「そうかもしれません……ああ、そうだ、きっとそうですよ」

星之介は両手を打ち鳴らした。

「どうしたのだ」

「お一人の言葉に上州訛りがあったんですよ、あたしゃ、上州の草津あたりには何度も落語会で行っていますんでね」

星之介は言った。

「なるほど……しかも、上州訛りの言葉があるということは、平士の可能性が高いな」

大名家の多くは、身分の低い平士がお国言葉を使っても上士は使わない場合が珍しくはない。上士は江戸風の武家言葉を交わすのが当たり前だ。

なるほど、八丁堀同心などは下級武士、不浄役人と蔑まれている。大名家の藩士ならばまず、平士が藤堂と接触していたに違いない。藤堂はその平士に話し合いを求め、平士は上士を連れて来たのだろう。

「榛名藩高野家の家臣で間違いない、きっと、そうだ」

近藤は断じた。

「巷じゃ、御老中高野備前守さまが榛名金山講の背後にいらっしゃるって、その噂はどうやら、本当のようですね」

こりゃ、面白い、と星之介は両手を打ち鳴らした。

「面白がっている場合ではない」

さすがに近藤は苦言を呈した。

「すんません」

と、星之介はぺこりと頭を下げた。

「まあ、それはいいとして、藤堂さんは話し合いの後に、どうしたのだ」

近藤は問いかけを続けた。

「蕎麦を出したんですよ。まあ、せっかくですんでね、蕎麦を食べようということで。あたしは、申し訳なかったんですがね」

蕎麦を用意したが、

「するとですよ、お一人がうどんがあるかってお訊きになったんです」

そうだ、その人に上州訛りがあった、と星之介は思い出した。

「この店、うどんもあるのか」

近藤は店内を見回した。

「実はですよ、うちは蕎麦よりもうどんの評判がいいんですよ。さっき、うちの店の味を気に入ってくれるお客もいるって言いましたがね、みなさんうどん目当てなんです。蕎麦屋でうどんが名物なんて情けねえんですがね」

うどんは上州の贔屓筋が水沢うどんを送ってくれるのだそうだ。

「水沢観音の参道で食べられる名物でしてね、あたしゃ、上州に行くたんびに食べるんですよ。ほんと、美味いですからね」

近藤にも勧めた。

「そうか、いつか食べてみる。それで、その男には水沢うどんを出したのだな」

近藤は話題を戻した。

「大変に美味い、と満足してくださいましたよ。やっぱり、あれですね、褒められると一生懸命になるもんですね」

星之介は顔中くしゃくしゃにした。

「それで」

近藤は促した。

「お食事をなさってから、みなさん帰られたんですよ」

「どのような雰囲気であった」

「それが、えらく、和(なご)やかでしたよ」

星之介は言った。

四

「和やか……」

そんなはずはない、と思ったが、いや、この場では藤堂が望む話し合いで決着したのであろう。それで、表に出た。

ところが、外に出て藤堂を襲った。

藤堂は油断をしていたのだ。いわば騙(だま)し討(う)ちに遭ったのである。

榛名金山講への怒りがめらめらと湧いてきた。

近藤は怒りに胸を焦がされながら拳を握りしめた。

すると、暖簾が揺れた。

「いらっしゃいま……」

勢いよく、星之介は挨拶しようとしたのが途中で言葉が萎んだ。

羽織、袴の侍が入って来た。

侍は丸い顔の垢抜けない様子であった。近藤と離れた縁台にどっかと腰を下ろすや、

「うどんをくれ」

と、侍は注文した。

ありがとうございます、と挨拶をしてから星之介は、

「これは、いつぞやの」

と、侍に声をかけた。

「おお、また来た。ここのうどんが美味いのでな」

上機嫌で侍は言った。

星之介はちらっと近藤を流し見た。

この男が藤堂に会っていたのだろう。男も近藤の方を見たため、近藤は店から出た。

月星屋の前の路地を進み、天水桶の陰に身を潜めた。

おそらくは榛名藩であろうが、侍の所在を探ろう。

待つことしばし、侍は月星屋から出て来た。近藤はそっと跡をつける。藤堂に尾行する際のこつを教わっていた。

視線を相手の足元に向けろ、と言われた。これだと見失わず、相手が振り向いた時に視線を合わせる心配がないのだ。

侍は盛り場を冷やかした後に、大川沿いを南下し、竪川に到った。一ツ目橋を渡れば榛名金山講の本部だ。

果たして、榛名金山講の本部へ侍は入っていった。

門が閉ざされ、潜り戸からである。北町奉行所が訴えを受け付けているため、本部に押しかけている者はほとんどいない。なんだか、榛名金山講本部にうまうまとやられたような気がする。

近藤は見越しの松の枝を辿り、榛名金山講の本部に入った。

侍が母屋に入っていった。庭に面した座敷で侍は榛名金山講番頭の神崎伝八郎と向かい合っていた。

近藤は植込みの陰に身を潜める。

「神崎殿、ひとまずは町人どもが騒がなくなったようですな」

侍は語りかけた。

「村田、備前守さまのお陰だと藩邸に戻ってからよくよくお礼を申し上げてくれ」

神崎は言った。

侍は榛名藩高野家の家臣で村田何某というようだ。近藤は知る由もないが江戸家老井川五郎左衛門の命で左膳を襲撃した村田小四郎である。

やはり、高野は榛名金山講の背後にいるようだ。

村田は榛名金山講との繋ぎ役なのだろう。それゆえ、榛名金山講の本部に通っていた藤堂は村田に目をつけ、接触したに違いない。

すると、

「八丁堀同心、気の毒なことをしましたんべえ」

村田は上州訛りを交じえながら言った。

「仕方があるまい。立ち入りが過ぎたのじゃ」

神崎は事もなげに返した。

「そりゃそうだ。で、斬れなかったのが残念だったべえ。神崎殿が溺れ死んだように見せかけろっておっしゃったんでね。刀を使えば一人で始末できるのに、三人がかりだったべえ。雨の中、暴れられたら厄介だ、三人は必要だった……でも、美味いうどんにありつけたから良し、とするか」

よほど月星屋のうどんが気に入ったようで、村田は帰りにも寄ろうかと言い添えた。

近藤は身を乗り出した。すると、木の枝を踏んでしまった。

神崎が険しい目で立ち上がると、

「誰だ！」

と、怒鳴った。

すぐに御師たちが駆けつけた。近藤の胸が高鳴った。

このままでは捕まる。

一か八か、近藤は飛び出した。

「逃がすな！」

神崎が怒鳴る。

近藤は必死で本部から外に逃れようと、潜り戸から外に出た。背後に御師たちが迫って来た。無我夢中になり、堅川に飛び込んだ。

近藤は川に潜んでいたが、やがてそっと身を出し、ゆっくりと川端を進んだ。

五

なんとか北町奉行所に戻った。

髷が乱れ、着物は生乾きである。ひどい状態になっているが、何もやましいことをしてきたのではないのだ。

同心詰所に入ると、すでにがらんとしている。みな、帰ったようだ。

ただ、河野半兵衛だけ残っていた。

どうやら、近藤の帰りを待っていたようである。

「河野殿、榛名金山講は高野さまと……」

と、報告をするのを河野は制し、

「おまえ、身勝手な行いをしおって」

憤怒の形相で近藤を怒鳴りつけた。

「………」

近藤は言葉を詰まらせた。

「榛名金山講に関わるな、と命じたはずじゃぞ」

河野は命令違反を責め立て、それでは八丁堀同心として失格だとなじった。

「命令に反しましたことはお詫び申し上げます」

まずは謝罪をした。

河野は答えず、憮然としている。

「河野殿、藤堂さんは榛名藩の者に殺されたのです。それは榛名金山講と榛名藩高野家が繋がっていることを藤堂さんに知られたからに他なりません」

息を荒らげながら近藤は報告した。

「なんだと」

河野の目が吊り上がる。

「もう一度申します。藤堂さんは榛名藩の家臣に殺されたのです。藤堂さんばかりではありません。その二日前には薬研堀で夜鷹を束ねていたお花という女も、高野家のご家来に口を塞がれたのです」

近藤は意気込んだ。

河野は鼻白んだような顔をして、

「おいおい、いい加減にしろ。夢物語なら、他所(よそ)で語れ」

と、取り合ってくれない。

「本当です」

近藤は河野との間合いを詰めた。

「夢でも見ておったのであろう。一日、町廻りもせずに、何処かの湯屋の二階で昼寝でもしておったのか」

河野は小馬鹿にしたように笑った。

「これを御覧ください」

着物の袖を引っ張り、川に飛び込んだことを近藤は言い立てた。

「ぼけっとして、川に落ちたのか」

河野は馬鹿にする。

「榛名金山講の本部に忍び込んで、榛名金山講の番頭神崎伝八郎と榛名藩高野家の家臣、村田という男のやり取りを耳にしました」

近藤は言った。

「無断で立ち入ったのか」

眉間（みけん）に皺（しわ）を刻み、河野は責め立てた。

「そのことはお詫びします。しかし、探索というのは時に非常手段に訴えるのも必要だと思います」

近藤は主張した。

「生意気を申すな、若輩の身でわしに説教をするつもりか」

眦を決し、河野は怒鳴った。

近藤はうつむいた。

「無断で榛名金山講に立ち入って、中を探索しようが、それが証となると思うのか。見習いの身でも北町に属し、十手を預かる身だぞ。盗人のような真似をしおって……恥を知れ！」

嵩にかかって河野は責め立てる。

「ですが、そこでわたしは神崎と村田のやり取りから藤堂さん殺しの真相を摑んだのです。ですから、ここは榛名金山講を調べる必要があります」

めげずに近藤は願い出た。

「うるさい、おまえの指図は受けぬ」

河野は撥ねつけた。

「指図ではなく、上申しておるのです。どのようなお方であれ、殺しに関わったなら罰せられなければなりません」

近藤は言った。

すると河野は両手で近藤の襟（えり）を掴み、

「おまえは知らぬだろう、いや町人どもも知る者はおらぬ。この際だから教えてやる。但し、他言無用だぞ」

鬼気（きき）迫る河野の形相（ぎょうそう）に気圧されるように近藤はうなずいた。

河野は襟から両手を離して打ち明けた。

「榛名金山講本部の土地はな、畏れ多くも公方さまの御側室、お志乃の方さまの持ち物だ」

「公方さまの御側室の……で、では、榛名金山講の背後にはお志乃の方さまがいらっしゃるのですか」

近藤は闇の深さを感じた。

「お志乃の方さまが榛名金山講と関わっておられるかどうかはわからぬ。滅多（めった）なことを申すな。ただ、あの土地はお志乃の方さまの持ち物、我ら町方が無断で立ち入れはしないのだ」

「しかし、本部には町人もおそらくは藤堂さんも、それに説明会の際にはわたしも入りましたが、咎（とが）められませんでした」

近藤の反論に河野は薄笑いを浮かべ、

「それは榛名金山講本部が門戸を開いておったからだ。借家人の榛名金山講が解散し、門戸を閉じたからにはあそこはお志乃の方さまの土地じゃ。わかったか。頭を冷やせ」

河野は吐き捨て、同心詰所を出て行こうとした。

「お待ちください」

近藤は追いかけ、河野の袖を摑んだ。

「無礼者！」

河野は手で払い除け、振り返ると近藤を睨みつけた。近藤も睨み返す。

「貴様、自分がしたことがわかっておらぬようだな」

「八丁堀同心として間違ったことはしておりませぬ」

信念を持って近藤は言った。

「それを独りよがりと申す。藤堂を見ろ……」

河野は言ってからはっとなった。

「藤堂さんがどうしたのですか」

すかさず近藤は問うた。

「いや、なんでもない」

近藤から視線をそらし、河野は話題を避けた。

「藤堂さんは榛名金山講を探っておられました。そのことを独りよがりの無謀な行為とおっしゃるのですか。藤堂さんは独りよがりではなく、孤軍奮闘なさっていたのです。奉行所のどなたも見て見ぬふりをしていた榛名金山講に挑まれたのです」

切々と近藤は語りかけた。

河野は近藤を見返して、冷めた声音で言った。

「もうよい、近藤、出仕には及ばぬ」

「……同心を首ですか」

頭に上った血が急速に冷めていった。

「追って沙汰があるまで、頭を冷やしておれ。申しておくがこれ以上の身勝手な動きをすれば、同心を辞めるだけでは済まぬぞ」

河野は続けた。

近藤は無言で見返した。

やおら、河野は笑顔を取り繕い、

「なあ、銀之助」

と、名前で呼ばわった。いかにも親身になっているかのようだ。

近藤は却って身構えてしまった。

構わず、河野は語り始めた。

「八丁堀同心、定町廻りという役目はな、白いものを白い、黒いものを黒い、とだけ見なしたり、扱ったりしておっては務まらぬのだ。歳若い銀之助には得心がゆかぬことがあるだろう。見習いのうちに見聞を広めるのだ。おまえは、見所がある。きっと、将来は立派な定町廻り、町人に頼られる同心になれる。自分の将来を潰すな」

河野は近藤の肩をぽんと叩き、詰所から出て行った。

「清濁併せ呑む……」

そんな言葉が近藤の口から漏れた。

それを成長と言うのか、堕落と呼ぶのか、近藤は唇を噛み締めた。

すると、一人の男の顔が脳裏に浮かんだ。

「来栖左膳殿……」

近藤も詰所を出た。

第四章　敵は老中

一

月が改まった長月二日の夕暮れ、小春の小座敷で、

「来栖殿、何卒、お力添えをお願い致します」

近藤は両手をついた。

「まあ、面を上げてくだされ。そんなに畏まれてはこちらが恐縮し、却って話ができなくなる。酒を酌み交わしながらと言いたいところだが、近藤殿は飲まぬのだな。酒で舌をしめらせば滑らかに言葉も出てくるものだがな」

冗談交じりに左膳は言い、思いつめた近藤の気持ちを解そうとした。だが左膳の狙いは近藤には通じず、近藤の顔は強張ったままだ。

「まあ、一献……ああ、酒は飲まぬのだったな」

左膳は持ち上げた蒔絵銚子を食膳に置いた。

「頂きます」

近藤は杯を手に取った。

「無理せぬがよい」

左膳が宥めると、

「これを」

と、春代が湯呑に入った甘酒を持って来た。

「これはいい、さあ、飲まれよ」

左膳も勧めた。

「はあ……」

近藤も勧められるまま湯呑を両手で持ち上げ、甘酒を飲み始めた。強張った顔が和らいでゆく。飲み終えると目元が緩んでいた。すると、近藤の腹がぐうっと鳴った。

左膳は微笑み、

「何か食べ物を……握り飯でも」

と、春代に頼んだ。春代は笑顔で引き受けた。

「そう言えば、何も食べておりません」

近藤は月星屋で蕎麦かうどんでも食べてくればよかった、と愚痴った。

左膳は杯を傾けた。

握り飯が届くまで近藤におからを勧めた。近藤は小鉢を持ちおからを食べ始めた。

「美味い……おからがこんなに美味いなんて」

感激の面持ちで近藤は左膳を見た。

「おからが美味いのではない。この店の……小春の女将が作るおからが絶品なのだ」

釘を刺すように左膳は言った。

そこへ、春代が皿に載せた大振りの握り飯を二つ持って来た。真っ白な飯は浅草海苔に包まれ、食欲をそそってくる。脇には沢庵漬けが添えてある。

近藤は一つを手に取り頬張った。口元に米粒が付いたのにも構わず、むしゃむしゃと咀嚼し、やがて沢庵にも手を伸ばした。

沢庵を嚙むぽりぽりとした音が近藤の若さを感じさせる。

程なくして握り飯を平らげると近藤は小さく息を吐いた。

「腹が落ち着いたところで、今後のことであるが」

左膳は切り出した。

「出仕停止ですから、組屋敷で大人しくしていなければなりませんが、そのつもりはありません。なんとしても藤堂さんの仇を討ち、そして大勢の町人から大事なお金を騙し取った榛名金山講に罪を償わせたいのです」

近藤は決意を語った。

「河野という同心、榛名金山講の訴えを聞き入れておるが、それは、形ばかりだと言うのだな」

左膳は確かめた。

「形ばかりだけではありませぬ。それは、榛名金山講へ被害を受けた者が押しかけないようにするための方便であったのです」

悔しそうに近藤は言い立てた。

「すると、河野は高野備前守の意向を受けていることになるのう」

左膳は言いながら、同時にお志乃の方を庇おうとする思惑でもあろうか、と想像を巡らせた。河野は榛名金山講が採掘していた鉱山と麓の村がお志乃の方の化粧料地だと知っているのだろうか。

するると、

「あ、そうそう。榛名金山講本部の土地ですが、公方さまの御側室、お志乃の方さまの持ち物だそうです」

意外なことを近藤が教えてくれた。

「わたしはなんとしても榛名金山講の悪を暴きます」

「それは老中高野備前守を敵に回すことだ」

敢えてお志乃の方の名前は出さず、左膳は言った。

「無茶だとはよくわかっています。来栖殿はやめるべきだとお考えですか」

近藤は左膳の意志を確認した。

「いいや、大いにやるべし、だ」

左膳は励ました。

「はい」

満面の笑みで近藤は喜んだ。

「となると、これからどうすべきか、だが」

左膳は思案を始めた。

おもむろに、

「河野と高野家、榛名金山講が繋がっておる、と想像できる。このままでは、そなたの命も危うい」

「覚悟していますが」

近藤は言った。

「そなたはわしの倅が営む道場に寄宿すればよかろう」

左膳の勧めを、

「かたじけないのですが、ご迷惑ではないですか」

近藤が遠慮がちに言うと、

「迷惑ならとうにかけられておる」

左膳は笑った。

「それもそうですね」

近藤は頭を掻いた。

左膳は近藤を伴って兵部の道場へとやって来た。左膳が事情を語ると、

「わかった。遠慮なく寝泊まりをすればよい。おれも榛名金山講などという怪しい集団を許すわけにはいかん、と思っていたところだ。だから、手助けができると思うと喜ばしい」

快く兵部は引き受けた。

近藤はくどいくらいに礼を言った。

明くる日、左膳は兵部の道場で近藤と朝餉（あさげ）を食した。近藤はよく眠ることができたとあって、顔色がいい。

「すっかり、お世話になってしまって……厄介をおかけし、申し訳ござりませぬ」

近藤は頭を下げた。

「その話はしないことだ、と言っただろう」

兵部は笑った。

次いで、

「これからだが、どうする。榛名藩邸に乗り込むか」

兵部らしい直截（ちょくせつ）で果敢（かかん）な考えだが、

「それはいくらなんでもまずい」

左膳は否定した。

「村田とかいう男を引っ張り出し、口を割らせるのが手っ取り早いと思うぞ」

賛同を求めるように兵部は近藤を見た。

即座に左膳は反対した。

「村田が口を割らなかったらどうするのだ。手荒な真似はできぬぞ。つまり、強引に白状はさせられない、ということだ」

「その場合は近藤殿の証言が物を言うさ」

兵部の言葉に、

「ですが、わたしは無法に榛名金山講本部に立ち入ったのです。その罪を問われるのはわたしも覚悟しておりますが、しかし、わたしの証言は正当なものではない、と見なされます」

近藤の言い分はもっともだが、

「正当でなくても構わぬさ。こっちは、とにかく、非常手段をとっても榛名金山講を追いつめるんだ」

兵部は強気の姿勢を崩さない。

するとと左膳が、

「今更だが、榛名金山講を追いつめる、罪を償わせる、とはどういうことであろうな」

と、近藤と兵部に質した。

兵部は、

「そりゃ、親父殿、榛名金山講を主宰する犬養宝山、番頭の神崎伝八郎、御師どもを御白州に引き出して、裁きを申し渡す。同時に、高野備前守にも罰を与える、そうだな、最低でも老中を辞するくらいのことはな」

と、言った。

すると、近藤は、

「先ほど、榛名金山講の本部に無断で立ち入ったと申しましたが」

と、話を蒸し返した。

「だから、それは非常手段として押し通せばいいよ」

兵部は言った。

「それがそうもいかぬのです。榛名金山講が営まれていた頃なら、榛名金山講の方で入講者に対して門戸を開き、何人も出入りが自由であったのですが、榛名金山講が閉じられ、門が閉ざされた状態にあるからには、榛名金山講本部への立ち入りは勝手にはできませぬ」

「だから、非常手段だし、いざとなったら町奉行所が立ち入ることができるじゃないか」

兵部は納得ができない、と言い添えた。

「それはできないと思います」

きっぱりと近藤は否定した。

「高野備前守が奉行所に圧力をかけるというのか」

兵部の考えを近藤は首を横に振り、

「あの土地は、公方さまの側室、お志乃の方さまの持ち物なのです」

と、言った。

左膳は聞かされていたが兵部は初耳とあって、

「なんだと、将軍の側室の土地だと。ならば、榛名金山講はお志乃の方とも繋がっておるのか」

呆れたように兵部は言った。

「難儀なことこの上ないのです」

近藤は言った。

兵部は口を閉ざしていたが、

「なに、構うことはない。相手が老中だろうと将軍の側室であろうと、悪いことをやってのうのうと逃れるのは許されるものではない。難敵であるのなら、却って倒し甲斐があるではないか」

と、胸を張った。

ここで左膳が、

「それで、話を戻すが、敵を倒す、罪を償わせる、というのは単純明快でよいが、それでよいのか」

と、念を押した。

「決まっているじゃないか」

兵部は賛意を求めるように近藤を見た。近藤が口を開く前に左膳は答えた。

「今回の騒動、一番の解決つまり、最も理想的な解決は榛名金山講に金を出した者、全てに金が戻されることだ」

あくまで冷静に左膳は言った。

「それは、そうだが……」

兵部はうなずいたものの、それは不可能だと思っているようだ。

「いくら、榛名金山講を主宰した者どもを罰したとしても、金を失ってしまった者は報われぬ。自害した者もおるのだ」

左膳は強調した。

近藤が、

「榛名金山講は集めた金を何処かに隠し持っていると思います」

「詐欺を働いたからには、金を秘匿(ひとく)しておるだろうな」

兵部も賛同した。

二

「ですから、その秘匿しておる金を吐き出させなければなりませぬ」

断固として近藤は主張した。

「榛名金山講を摘発した後に榛名金山講の土地を徹底的に探せば、わかるだろう」

兵部の見通しに、

「そうはいくまい」

左膳は即座に否定した。

近藤がそれを補足する。

「榛名金山講が採掘していた山は榛名藩領です。御老中の所領に立ち入れるものでしょうか。巷で流布する榛名山の山神が罰(ばち)を当てることはないと思いますが……」

「山神の罰はおれも怖いが、老中の所領だったら、立ち入って探索をしようと思えばできる。いや、高野備前守は榛名金山講などという世間を騒がせた集団との関わりがないことを明らかにするため、むしろ、自ら探索に協力するのではないか。おれは、そう思うがな」

兵部の楽観的な見通しに左膳と近藤は暗い顔をしたままである。

左膳が口を開いた。

「榛名金山講の採掘現場、つまり金の鉱脈を掘り当てようとした山はお志乃の方さまの化粧料地なのだ」

「ほう、そういうことか。やはり、お志乃の方が榛名金山講に関わっておいでになるってことだな」

兵部は苦い顔をした。

「そのようなことはないと信じたいのですが……お志乃の方さまの背後には公方さまが……」

推測してから近藤は口を堅く閉ざした。

左膳が引き取って、

「公方さまが関与なさっておられるとは思えぬが、公方さまに忖度(そんたく)し、榛名金山講に触ることをよしとしない役人ばかりであろう。町奉行、勘定奉行、さらには老中たちもな」

左膳は失笑を放った。

「ならば、金は戻ってこないのか……おれは、金を出しておらんから関係ないが、少なからぬ金を出した者たちは泣き寝入りをしなくてはならぬのか」

世の中、間違っている、と兵部は吐き捨てた。

「さて、ここは冷静に思案をせねばならぬぞ」

憤慨する兵部を宥めるように左膳は言った。

三

その日の昼下がり、白雲斎が榛名藩邸に高野備前守を訪ねていた。

さすがに、元老中、しかも辣腕を振るった大峰宗長ということで家臣任せにはせず、高野本人が応対に当たった。

奥の書院で高野は白雲斎を上座に据えた。白雲斎は袖無羽織を重ねた気楽な格好だ。対して高野は裃に威儀を正している。

「わざわざの御越し、痛み入ります。御用向きがありましたら、こちらから出向きましたものを」

　高野は慇懃に挨拶をした。

「御多忙な高野殿を煩(わずら)わせるのは公儀にとり、世の中にとり損失じゃからのう。わしから出向いた」

　白雲斎は笑みを送った。

　高野は一礼をする。

「用向きは榛名金山講じゃ」

　早速白雲斎は切り出した。

　高野は表情を変えず、

「まさしく、大きな問題となっております。世間では拙者が榛名金山講の背後におる、と噂しておるようですな」

「口さがない者どもの無責任な言動ともとれるが、高野殿の苦渋(くじゅう)もよくわかる」

　まずは白雲斎は理解を示した。

　高野は口元を緩め、

「先だって当家を訪れた来栖左膳からお聞きになりましたか」

「いや、左膳からではない。これでも、世の出来事に耳をそばだてておる」

白雲斎はにこにこと微笑んだ。

「おみそれ致しました。ご明察の通り、あの山はお志乃の方の化粧料地です。お志乃の方を責めるわけにはいきませんで、拙者が世間の非難を浴びております」

高野は認めた。

「忠臣の鑑、ということか」

声を上げて白雲斎は笑った。

高野は黙り込んだ。

「して、このまま放置をするか。嵐が過ぎ去るのを辛抱強く待つつもりか」

「正直、そのつもりでしたが、このままではいけぬと思います」

高野は言った。

「ならば、榛名金山講に金を出した者へ金を出してやるつもりか」

白雲斎は訊いた。

「幕閣で検討しようと思います」

「被害総額は一万両を超えるそうではないか……そうか、貨幣改鋳をやり、出目で補うということじゃな」

白雲斎の推測を高野は否定しなかった。

貨幣改鋳とは金貨、銀貨に含まれる金や銀の量を増やしたり減らしたりして鋳造(ちゅうぞう)し直すことである。財政難の際には市中に出回っている金貨、銀貨を回収し、金、銀の含有量を減らす改鋳を行う。改鋳すればする程、金貨、銀貨は増える、つまり、幕府の台所は潤う。この利益を出目と呼んだ。

また、貨幣改鋳は幕府財政を改善させるが物価高を招き、庶民の暮らしには悪影響を及ぼす、と考えられていた。

「拙者の一存(いちぞん)では叶いませんので、幕閣にはかり、上さまのお許しを得て、ということになります」

慎重な物言いで高野は答えた。

「世間の者は身勝手じゃ。榛名金山講を悪辣な詐欺集団だと非難する声が大きいが、一方で被害を受けた者を欲張ったからじゃと責める声もある。そのどちらの声が大きくなるのか、読売は売れる方に加担(かたん)する。老中高野備前守の評判は上がりも下がりもするじゃろう」

白雲斎の言葉にうなずき、

「まさしく、今は逆風が吹きすさんでおります」

と、高野は口をへの字に引き結んだ。

「公儀が金を出せば高野備前守の評判は高まろうな」

白雲斎が言うと、

「そうとは申せませぬ」

高野は首を左右に振った。

「ならば、評判はどうじゃと考える」

白雲斎は目を凝らした。

「世の声は二つに割れましょうな。よくぞ、金を出した、と好意的な声もあれば、公金をそんなものに使うのか、という批難の声ですな」

淡々と高野は見通しを語った。

「中々、落ち着いておるではないか。いずれにしても、相当に腹を括ってやらねばならぬ。ところで、榛名金山講が巻き上げた金……一万両を超す途方もない金、一体、どこにあるのであろうな」

白雲斎はぎろりとした目を向けた。

「さて、それはわかりませぬ。白雲斎殿は榛名山、つまりお志乃の方の化粧料地にある、と睨んでおられますか」

「そう思う」

「それは確かめようがありませぬな」

高野は肩をそびやかした。

「高野殿、ここは正念場(しょうねんば)ですぞ。そなたの判断がそなた自身の今後と公儀の信用を左右するのじゃ」

白雲斎はじっと高野を見据えた。

「むろん、慎重に幕閣にて返金のことは揉みに揉みます」

高野の答えに白雲斎は険しい顔となり、

「そうではない!」

と、声を大きくした。

高野の目が大きく見開かれた。

「よいか、備前」

白雲斎は言葉つきも厳しいものとした。高野は気圧されるように白雲斎を見返した。

「お志乃の方から榛名金山講が騙し取った金を吐き出させよ」

白雲斎は命令口調となった。

首を左右に振り、

「それには、お志乃の方と榛名金山講の関わりを明らかにせねばなりませぬ。それをせずして、お志乃の方に返金を求めることはできませぬ」

　高野は異論を唱えた。

「そなたのことじゃ。お志乃殿本人ではなく、代理の者、そう、榛名金山講の主宰者たる犬養宝山とやり取りをしておろう。高野家から家臣を出し、採掘現場の治安を守っていたのは明らかであるからな」

　白雲斎の言葉に高野は表情を緩め、

「放っておけば、当家の所領にも害が及びますからな」

「それはよいとして、一万両、全てとは申さぬ。詐欺であろうと、いくらかは採掘作業に費やしたであろう。じゃが、一両も返さぬではいくらなんでも通らぬ。それが人の道理というものじゃ。詐欺を働く者に道理を説いても無駄じゃが、お志乃殿は詐欺に関わっておらぬとなれば、道理は通じるものぞ」

　白雲斎は滔々（とうとう）と説得にかかった。

「公儀の金ではなく榛名金山講が集めた金を吐き出させろということですな」

　高野は白雲斎の意図を理解した。

「そういうことじゃ。全て使い果たした、では通らぬぞ」

　白雲斎は迫る。

「公金で支払うのは不足分である。まずは、榛名金山講から金を吐き出させよ」

「はあ……」

高野は口ごもった。

繰り返し白雲斎は厳然と命じた。

「承知しました」

高野は両手をついた。

「武士に二言はない、わかっておるな」

白雲斎は念を押した。

「高野昌盛、武士として白雲斎殿に返答を致しました」

慇懃に高野は返事をした。

「うむ、よかろう」

白雲斎は満足そうにうなずく。

「本日は、ご足労、まことにありがとうございました」

再び高野は平伏した。

四

白雲斎が帰ってから入れ替わるようにして、江戸家老井川五郎左衛門が入って来た。

「白雲斎さま、いかがでござりましたか」

井川の問いかけに、

「まったく、うるさい老人じゃ」

高野は冷笑を浮かべた。

「榛名金山講について何かおっしゃいましたか」

井川は問いを重ねた。

「わしに責任あり、という考えのようじゃな。被害を受けた者には公儀の金を使わず、榛名金山講から吐き出させろ、としつこく求めおったわ」

苦々しそうに高野は言った。

「榛名金山講は破産しておること、白雲斎さまはご存じないのですか」

「存じておる。しかし、榛名金山講が巻き上げた金を秘匿しておる、ともお考えなのじゃ。ま、実際はその通りで、世の者どもも、榛名金山講が破産して、一両も持っておらぬ、などと信じておる者はおるまい」

高野の考えを、

「それはそうでしょうな」

井川も認めた。

「榛名金山講、うまい具合に店仕舞いをしなければならぬぞ。このままでは、火種が大きくなるばかりだ」

「わかっております」

井川はうなずく。

「こうなったら、多少は金を払ってやらねば収まらぬであろうが、それにしても、せっかく集めた金をむざむざと吐き出すのでは一体なんのために、こんな面倒なことを始めたのか、まるで無意味になるからのう」

高野は残念がった。

「お任せください。既に、手は打ってあります」

井川はにんまり笑った。

「そうか」

高野は満足そうだ。井川への信頼が窺える。

「なに、こうなることは予想しておりましたので、抜かりはござりませぬ」

自信満々に井川は言った。

そんなやり取りがあったことなど露程も知らない白雲斎は小春に左膳を呼び出した。

「何か、良いことがありましたか」

左膳が問いかけると、待ってましたとばかりに、

「高野備前守を訪ねた」

白雲斎はにんまりとした。

「それはそれは、思い切ったことをなさいましたな」

「思い切ったことをせねば、物事は動かぬからな」

白雲斎の目は生き生きとしている。

「どのようなことを申されたのですか」

好奇心に駆られ、左膳は問いかけた。

「榛名金山講に騙し取られた者たちに返金をせよ、と申した」

「ほう、随分と率直な物言いをなさいましたな」

「こういうことは遠回しに申してもなんにもならぬ。遠回し、回りくどい答えしか出

てこぬからな」

「して、高野さまは承諾なさったのですか」

「高野は公儀の金から出そうと言い出しおった。貨幣改鋳で出目を稼げばよいという考えであったのじゃ」

顔をしかめ白雲斎は語った。

「それに反対なさったのですな」

「それではな、不平の声が出るからのう。それに貨幣改鋳は打ち出の小槌じゃが、重要なことは榛名金山講にしっかりと鉄槌を下すことじゃ。そうでない限り、榛名金山講は逃げおおせてしまうのじゃ」

白雲斎は危惧した。

「ごもっともです」

左膳もうなずく。

「よって、榛名金山講から金を吐き出させるよう言ってやった」

白雲斎は笑った。

「それで、高野さまは応じたのですか」

「うむ」

「ならば、高野さまが榛名金山講に関わっているとお認めになったようなものですな」

左膳は言った。

「まさか、お志乃殿の名を出すわけにはいかぬであろうからのう。榛名山は高野の領地内にあるのじゃ。まったくの無関係を主張すれば、却って批判を浴びるだけじゃ。その辺はわかっておるじゃろう」

白雲斎は見通したが、

「そうでしょうが、それで、高野さまは榛名金山講に金を吐き出させるでしょうか」

左膳は疑問を呈した。

「吐き出させる、とわしに約束をしおったぞ。まさか、武士に二言はないだろう」

疑う素振りもなく白雲斎は断じた。

「そうであればよいのですが」

左膳は不安が去らない。

「どうした、左膳、信じられぬか」

白雲斎に言われ、

「いえ、そういうわけではござりませぬ。ただ、それなら、わざわざ榛名金山講などという大風呂敷を広げる必要はなかったのではないか、と思えるのです」

左膳の疑問を白雲斎は真顔で聞き、

「榛名金山講を始めた頃には、一万両を超えるような金が集まるなど思ってもいなかったのだろう。騒ぎが大きくなるのもな」

白雲斎は言った。

「そうも考えられますが」

浮かない顔で左膳はそのことには、それ以上は踏み込まなかった。

いい気分に浸る白雲斎を横目に左膳は思案に浸った。

五

長月四日、次郎右衛門が訪ねて来た。抜けるような青空、爽やかな風、すっかり秋めいた朝である。

次郎右衛門は相談があるという。

傘張り小屋ではなく、母屋の居間で向かい合った。

「榛名金山講の訴え、進展したのか」

左膳の問いかけに、

「北の御奉行所では訴えをお聞き届けになってはいますが、その後の具体的な進展はございません」

次郎右衛門は嘆いた。

「訴えを受け付けたのは、形だけだということだな」

ずばり、左膳は評した。

「ほんと、形だけで、御奉行所はまったくやる気がないとしか思えませんよ。これでは、訴えた甲斐がありません。せっかく、被害を受けた者同士の会を作ったのに……ほんと、骨折損(ほねおりぞん)ですな」

ぼやきながら次郎右衛門は不満を並べた。

「被害を受けた者の会の者たちから責められておるのか」

左膳が確かめると、

「責められてはおりませんが、結束が緩んでおるのです。本日、参りましたのはそのことを相談したいのですよ」

次郎右衛門は言った。

左膳は黙って先を促した。

「先月の終わり頃から、両替屋が榛名金山講の預かり証を買い取り始めたのです」

次郎右衛門は言った。

「それは、どういうことだ。榛名金山講から返金の見込みがない預かり証を買い取るとは解せぬ。両替屋は榛名金山講の代理でもやっておるのか」

不穏なものを感じ、左膳は目を凝らした。

「両替屋は榛名金山講の代理ではないようです。両替屋は榛名金山講に預けた金の一割で買い取っているのです。両替屋は一割の金を払い入講者から榛名金山講の証文を受け取るのです」

「たとえば、十両を出している者であれば一両で買い取るのだな」

左膳は念押しをした。

「そういうことです」

次郎右衛門はうなずく。

「それで、応じる者がおるのか」

左膳は問いかけた。

「これが、意外にも大勢いるのです。と言いますのは、みなさん、もう一銭も返ってこないだろうって、諦め始めていたところですからね、一銭も返ってこないよりは、一割でも返ってくるのなら、まあいいだろうって……」

「なるほど、その気持ちはわからぬでもないが」

左膳は首を傾げた。

「入講した者たちの中には、欲張りだから騙し取られたんだ、自業自得だって批難をされる者が珍しくないですからね、一日も早く決着をつけたいと思って、買い取り話に乗ってしまう場合もあるのです」

次郎右衛門は大きくため息を吐いた。

「買い取りをしておる両替屋、そんな者たちの足元を見ておるのだな」

「まったく、世の中、人の弱みにつけこんで、巧みに商いをする者がいますよ」

次郎右衛門の嘆きを聞きながら左膳は疑問を抱いた。

「両替屋は一軒だけか」

「何軒かおります。榛名金山講の御師が入講者から出資金を預かる際、金額に応じて分銅金か砂金を与えると申しましたが、それら金の現物が本物であることを保証するために立ち会っている両替屋たちです」

「すると、いずれの両替屋も榛名金山講と関わっておるのだな」

「そうです。ですが、怪しくはありません。みな、御公儀から鑑札(かんさつ)を頂く、ちゃんとない。

ここまで次郎右衛門の説明を聞いても、左膳には両替屋の行いがどうも納得できない。

「両替屋は、たとえ一割といえど、ちゃんと銭金を払っておるのであろう。榛名金山講が返金に応じなければ丸損だな。実際、榛名金山講は解散、説明会では金山採掘作業で八百両の赤字を出し、とても返金できない、と番頭の神崎伝八郎なる男が申しおった。それを今更、世間の声、町奉行所の調べによって支払うとは思えぬ。両替屋には何か算段があるのであろうか」

白雲斎から聞いた高野備前守が返金させるために動きだしたことは次郎右衛門には黙ったまま、疑問を投げかけた。ひょっとしたら、両替屋たちは高野から返金の話を耳にしたのかもしれない。白雲斎に説得されるまで、高野は幕府の台所から金を出すつもりでいた。貨幣改鋳による出目を当てにしていたのだ。

両替屋たちが高野の動きを知って、買い取りを始めたのならわかる。

「両替屋の一か八か(ばち)の賭けなのでしょう。もし、榛名金山講が返金に応じたら、大儲けができる、と踏んだのかもしれませぬ」

次郎右衛門の考えは高野の動きを知らない者ならではだ。

「確かにその通りだろうが、それでは、あまりにも博打（ばくち）という気がする。まさしく、商いというより博打ではないか」

「手前にはできない商いです」

次郎右衛門も、そうだ、と言い添えた。

「それで、そなたは買い取りに応じるのか」

改めて、左膳は問いかけた。

「手前は榛名金山講に百両出しておりますから、十両で買い取ってもらうことになりますが、金の多寡ではなく、被害者の会を結成した以上は、あくまで榛名金山講から取り戻すのが筋だと思うのです」

次郎右衛門の決意に、

「よう、申した。商人の心意気だな」

左膳は褒め上げた。

「いや、まこと、これで気持ちを引き締めたいと思います」

「実はな、幕閣は榛名金山講の問題を重く受け止め、近々にも被害を受けた者を救済する措置に出るそうじゃ。全額返金となるかどうかはわからぬが、一銭も返ってこない、という事態は避けられそうだぞ」

話せる範囲で左膳は教えた。

「ま、まことですか……あ、いえ、御家老がいい加減なことをおっしゃるはずはありませんな。うれしい限りです。御家老、それを何処で耳になさいましたか。いえ、それは訊いてはなりませんな。いや、ありがとうございます。気持ちに張りができました」

表情も声音も明るくして次郎右衛門は捲し立てた。

六

五日後、左膳は榛名金山講本部を訪れようと思い立った。高野が動き出してからの榛名金山講の様子が気になったのだ。

途中、近藤から聞いた蕎麦屋、月星屋に立ち寄った。星之介は開き直ったのか、「うどんが美味しい蕎麦屋」などと看板に掲げている。近藤から聞いたとは告げず、左膳は店に入り、試しにうどんを頼んだ。

店内にいるまばらな客はいずれも水沢うどんを食べていた。

なるほど、看板にするだけあって、やや細めの麺はつるつるとして、しかも腰があり、のど越しも味わいも満足ゆくものだ。

　食べ終えて勘定をすませたところで、

「うどん、頼むべ」

　と、声をかけて侍が入って来た。丸顔、小太りの男だ。近藤が言っていた榛名藩、高野家の家臣、村田小四郎に違いない。

　左膳は気づかれぬように背中を向けながら表に出た。幸い、村田はうどんで頭が一杯のようで左膳に視線を向けなかった。左膳は月星屋の前で様子を窺った。

「これは、村田さま、いつもありがとうございます。あたしゃ、村田さまのお顔を見ないと落ち着きませんよ。うどんを打つ手も鈍るってもんでして」

　元噺家らしく、星之介は滑らかな口調で愛想を言った。

「おめえ、調子がよかんべだな」

　星之介相手だと村田は遠慮なくお国言葉を使うようだ。

　村田は水沢うどんに舌鼓を打った後に、店を出た。

　すかさず、左膳は追いかけた。

「村田殿」

左膳は声をかけた。

村田は振り返る。

「榛名藩、高野家中の村田殿であろう」

しげしげと左膳の顔を見ていたが、

「ああっ」

村田は驚きの声を発した。

左膳を知っているようだ。

改めて左膳は正面からまじまじと村田の身体つき、丸い顔、そして細い目を見て気がついた。襲撃をしてきた侍の一人である。しかも、格段に腕の立った男だ。

脛掃いは強烈で、太刀筋の残像が瞼（まぶた）に刻まれている。

村田は落ち着きを取り戻し、

「何か」

と、用件を訊いてきた。

「わしのこと、覚えておられよう」

左膳は問い直した。

「はて、どちらかでお会いしましたか」

村田は惚けて首を傾げた。

「榛名金山講本部の近くで会いましたな。貴殿の他に四人の方々がおられましたな」

左膳に指摘され、

「そ、それは……」

村田は口ごもった。

「お忘れかな」

左膳は間合いを詰めた。

村田はくるりと背中を向けた。

「逃さぬ」

左膳は村田の行く手に回り込んだ。

「何をなさる」

声を裏返らせ、村田は抗(あらが)った。

「回りくどい話はせぬ。そなた、北町の藤堂正二郎殿を殺したな」

左膳が質すと、

「知らぬ！」

叫ぶや脱兎(だっと)の如き勢いで逃げ出した。

すかさず、追いかける。

路地を出たところで、荷車が通った。左膳は立ち止まる。その間にも村田は歩を緩めず、距離は開くばかりだ。

「おのれ」

一旦は歯嚙みしたものの、村田の素性は明らかなのだから、追いかける必要もない、と気持ちを落ち着かせた。

気を取り直し、榛名金山講の本部へと足を向けることにした。

榛名金山講の本部にやって来た。

すると、閉ざされた門前に高札が掲げられている。数人の男女がそれを読み上げていた。中には喜びの声を上げている者もいる。

近づいて読むと、榛名金山講は近日中に返金に応ずる、とあった。ただ、具体的な日取りは記していない。

世間の批判が強まり、それをかわすために、こんな高札を立てたとも考えられるが、やはり高野備前守が動き出したのだ。高野は榛名金山講が騙し取った金を返す気になったのだろう。

しかし、一方で両替屋による預り金の買い取りのことが気にかかる。

不穏な気持ちに包まれながら左膳は踵を返した。

七

村田小四郎は榛名藩邸に戻り、江戸家老井川五郎左衛門に来栖左膳に呼び止められた一件を報告した。そこには榛名金山講の番頭神崎伝八郎もいた。

「来栖左膳に知られてしまいました」

額から大粒の汗を流しながら村田は不始末です、と詫びた。

「うろたえるな」

井川は宥めた。

それでも、村田は頭を下げ続けた。

神崎が、

「何故、来栖がそなたを見つけたのだ」

と、疑問を呈した。

「……わかりません。偶々なのかもしれません」

おろおろと村田は答えた。

「偶々のはずはあるまい」

井川は言下に否定した。

「しかし、一体、何処でそれがしのことを来栖が突き止めたのか見当がつきません」

村田は首を左右に振るばかりである。

次いで危機感を募らせ、

「来栖をこのままにはできませぬ。それがしが責任を持って、来栖を始末致します。やるべえ」

改めて村田は申し出た。

「来栖の処罰はひとまず置く」

井川は言った。

「それでよろしいのですか。来栖はわたしが北町の藤堂を殺めたこと、気づいておりました」

村田の動揺は治まらない。

「来栖が藤堂殺しを蒸し返したところで、今更北町が探索をし直すことはない。来栖の始末は事態が落ち着いてからでよい」

井川は断じた。

井川の強い態度に、

「わかりました」

村田も引き下がった。

井川は神崎に視線を向けて、

「榛名金山講本部にて返金に応じる旨、明らかにしたな」

神崎は首肯し、

「返金に応じる高札を掲げました。但し、具体的な日取り、あるいは全額なのか一部の金なのかなどの詳細は記しておりませぬ。ただ、それでも、高札の効果は覿面(てきめん)ですな。高札を立てるまでは、腹いせに塀の外から罵声を浴びせたり、石を投げ込んだりする連中が減ったとはいえ少しはおったのですが、そうした不届きな輩がぴたりと姿を消しました」

淀(よど)みなく実状を報告した。

「うむ、それでよい」

満足そうに井川は言った。

「これで、入講者ばかりか、世間の声も小さくなってゆくと思われます」

神崎は言い添えた。

「世の者どもは勝手なものじゃ。榛名金山講に金を騙し取られた者の不幸を喜んでいるうちは好き勝手な噂話に興じるが、騙し取られた金が返されるとなると、興味がなくなり、無関心になるのだ。他人の不幸を喜び、安心したいのじゃな。他人の幸せを願うなどと、口では耳障り(みみざわ)のよいことばかり言う者も、心の内では他人の不幸を面白がっておる。それが、人であり、世の中というものじゃ。ま、それゆえ、榛名金山講も今回の返金を以(も)って、成就ということになろう」

上機嫌になって井川は見通しを語った。

次いで、

「吐き出しはどれくらいになる」

と、神崎に問いかけた。

「お答えする前に、ざっと、わたしの算段を申し上げます」

神崎が返すと、

「おお、そうであるな」

井川も応じた。

神崎は一礼してから説明を始めた。

「両替屋に出資金の証文を一割で買い取らせております。我らは両替屋から出資金の二割で買い取ります。また、鶴岡藩大峰能登守さまをはじめ、大名がお三方、大口の出資をなさっております。お三方で二千両ですが、この二千両は泣いてもらいます」

「それでよかろう。大名の身で榛名金山講に騙し取られたと表沙汰になっては、御家の沽券に関わるからな。渋々ながら泣き寝入りをするであろう。もし、応じなければわが殿より、民の救済が先決だと、伝えて頂く。嫌とは申せまい。すると、その二千両は返さなくてよいのじゃな」

井川の念押しに神崎は、「さようでござります」と返事をして続けた。

「町人どもから巻き上げた金はざっと八千両余りです。そのうち、両替屋が買い取りを終えたのは七千両分の証文です。七千両分の証文はいずれも小口の者ばかり。一両から十両の出資金ですな。これら雑魚どもがやたらとうるさいのも実情です。ところが、ぎゃあぎゃあ喚き立てる者ほど、冷めやすいものです。熱しやすく冷めやすいとは言い得て妙でござります。それはともかく、我らは両替屋から七千両分の証文を二割の千四百両で買い取ればよいのですから……」

ここまで神崎が語ったところで、

「村田、いくらの儲けになる」

と、井川は村田に訊いた。

不意をつかれ、

「はあ……ええっと、七千両の二割で買い取るのですから」

村田は両手の指を折りながら算段を始めたが、

「もうよい」

井川は神崎に答えを求めた。

恥じ入るように村田はうつむいた。

「五千六百両の儲けとなります。大名への未返金二千両と併せ、七千六百両の儲け
……」

神崎の返答を聞き、

「残るは両替屋の買い取りに応じない者ども千両か」

と、井川は腕を組んだ。

「買い取りに応じない者は、いずれも大口の金を出した者です。百両以上の者ばかり
ですな」

神崎が言うと、

「何人おる」

井川は問い直す。

「百両の者が二人、三百両が一人、五百両が一人の計四人です」

すらすらと神崎は答えてから、

「引き続き、両替屋に買い取りの交渉に当たらせますか。ですが、時を要すると思います」

「すると、千両分の証文に対しては満額の返金に応じるわけじゃな……それでも、六千六百両の儲けじゃが、採掘を装うため、金脈など掘り当てられぬのを承知で坑夫どもを雇った。その他の出費もある」

井川の言葉を受け、

「坑夫どもの賃金を含め、要した費用はざっと六百両です」

神崎は答えた。

「六千両の儲けですか」

村田が口を挟んだ。

「ところが、そうはいかぬ」

即座に、井川は否定した。

村田は自分の計算が間違ったのかと、再び両手の指を折り始めたが、

「お志乃の方さまへ礼金千両をお渡しせねばならないからのう。よって、儲けは、五千両じゃな」

井川は小さくため息を吐いた。

お志乃の方には山の使用料を名目に千両を贈る手はずになっている。

若干(じゃっかん)の落胆を隠せない様子であったが井川は表情を明るくし、

「それで良しとしようぞ。あまり、欲をかくとろくなことはないからな。まさしく榛名金山講に引っかかった者たちのように無様に首を括る羽目になる」

と、和らいだ顔に冷笑を貼り付かせた。

「まったく、留まるところを知らぬ者は身を亡ぼします」

神崎も応じた。

「ならば、これで手仕舞いとするぞ……」

井川の口調は鈍った。

神崎がそれを察知し、

「御家老、ご不満なようですな」

と、語りかけたが、

「まあ、よい」

井川は吹っ切るように横を向いた。

「ご不満なのは無理もございません。今回の絵図を描いたのは御家老です。ご先祖が武田家に仕え、黒鍬者を束ねておられたことに着想を得られたとは、まさしくご慧眼」

神崎が称賛した。

「偶々、先祖が残した古文書を読んだ。すると、武田家に仕える山師が関東から奥羽にかつて存在した金山、銀山を記した絵図と採掘すれば金や銀が産出する可能性のある山々の一覧と絵図があった、と記してあった」

井川は破顔した。

「そこに目をつけるとはさすがでございます。榛名金山講を構想されたばかりか、武田家に仕えた凄腕の山師、犬養宝山なる男を作り上げ、御自ら成りすまされました。まことに、感服致します」

賞賛を続ける神崎に、

「その辺にしておけ。あまりおだてられると尻が痒くなる。それに、下手な素人芝居、見つかるのでは、と冷や冷やしておったぞ」

井川は声を上げて笑った。

榛名金山講本部の説明会で犬養宝山として入講者の前に出たのだ。

「重傷を負ったことにしたから、台詞がなくて助かった。それに火傷を負った化粧もしたからな、面相も隠せたわ」

井川は肩をそびやかした。

「骨折を装う芝居、熱演でござりました」

神崎は村田を見た。

「拙者も見とうございました」

村田も言い添えた。

ところが井川は不機嫌になった。

「あんな田舎芝居までして成就させた榛名金山講じゃ。欲をかいてはならぬと申したが、欲張りになりたくなった。取れる金は根こそぎ奪う。両替屋の証文買い取りに応じない者どもの千両も返金には応ずるな」

「承知しました……」

神崎は井川の心変わりに従ったものの、不安そうだ。井川は続けた。

「うるさい者たちを始末する。買い取りに応じない者は殺せ。来栖左膳と北町の同心もな」

「畏まりました」

勢いよく村田は即答したが、

「いかにしますすか。来栖や買い取りに応じない者を一人一人殺してゆくのですか。となりますと、騒ぎが大きくなります。榛名金山講に疑いがかけられ、榛名金山講、高野家への風当たりは一層強くなります」

神崎は不安を深めた。

「一度に始末すればよい。榛名金山講の採掘現場に導くのだ。採掘現場で殺せ。亡骸は採掘現場に捨て、火薬で爆破するのじゃ。落盤事故に見せかければよい。あるいは、榛名山の山神の罰が当たってもよいぞ」

井川はにやりとして村田を見た。

「拙者の榛名一刀流荒神剣が猛威を振るいます」

村田は喜びで目を細めた。

「榛名金山講への疑いを持つ者を榛名金山講に誘い出すのですな。これは妙案です」

神崎も納得した。

「これは、面白くなってまいりましたな」

村田はうれしくてならないようだ。

「馬鹿、おまえの楽しみで行うのではないのだ。あまり、浮かれるでないぞ」

神崎が窘(たしな)める。

「いや、大いに楽しめ。その方が、奴らに思い知らせてやれるのだ」

井川はけしかけた。

「汚名(おめい)返上を致します」

力強く、村田は決意を語った。

「意気込みはよいが、空回りせぬように致せ。計画はわしが立てる。決して、逸(はや)るな」

神崎は釘を刺した。

「肝に銘じます」

村田は頭を下げた。

第五章　幻の金

一

長月九日の昼、左膳は榛名金山講本部から呼び出しを受けた。

次郎右衛門も一緒である。次郎右衛門の他にも入講者が呼ばれており、次郎右衛門によると大口の出資者で、両替屋の証文買い取りに応じていないそうだ。

高野備前守は早々に榛名金山講問題を手仕舞いに持ち込みたいに違いない。

左膳も呼ばれたということは、左膳が今回の一件に深く関与しているため、左膳にも満足ゆく解決を提示したいに違いない。

説明会が行われた御堂に左膳たちは通された。次郎右衛門の他には三人で、いずれも大店の商人らしく、紬の着物に黒紋付を重ねていた。

程なくして神崎伝八郎がやって来た。今日も裃に威儀を正している。周囲を巡る濡れ縁には用心棒の浪人たちが立っていた。次郎右衛門たち商人が神崎に危害を加えるはずはない。左膳に備えてであろう。

一礼してから神崎は話を始めた。

「今回の不始末、平(ひら)にご容赦くだされ。まずは、榛名金山講が決して詐欺集団ではないことを改めて強く申し上げます」

挨拶代わりのこの言葉に左膳や次郎右衛門たちは無反応である。誰も本気にしていないし、抗議をする気もない。そんなことより、出仕した金が返されるかどうかなのだ。

それは神崎もよくわかっていて、

「では、具体的な返金についてお話し申し上げます」

と、本題に入った。

こほんと空咳(からせき)をしてから神崎は続けた。

「みなさまに出資金を返すべく、榛名金山講は苦心惨憺(くしんさんたん)致しまして、なんとか三千両を集めました。しかし、その多くは返済に当ててしまいました」

ここで左膳が口を挟んだ。

「両替屋は入講者が金を出した証文を買い取っていった。それは、榛名金山講の指図ですかな」

神崎は表情を変えず、

「いいえ、榛名金山講は関わっておりませぬ」

きっぱりと否定した。

「榛名金山講は両替屋たちから証文を買い取ったのであろう」

左膳が畳み込むと、

「榛名金山講はあくまで証文に対して返金をさせて頂きました」

微妙な物言いである。

左膳が尚も問い質そうとするのを神崎は制し、

「どちらさまとは申せませぬが、お大名家も出資しておられます。お大名家はまことに畏れ多いことに返金を辞退なさっておられます」

と、澄ました顔で言った。

次郎右衛門たちは顔を見合わせた。神崎の腹の内が読めず、不安を抱いている。左膳は宗里が承知をしたのか半信半疑である。

「お大名方はまずは民の救済こそが先だ、という幕閣のみなさまのお考えに賛同なさったそうです」

神崎は言った。

なるほど、宗里は老中高野備前守から圧力をかけられたのだ。他の大名はいずれも民救済を優先させ、出資金の返却は辞退した、とでも言われたのではないか。

榛名金山講と高野は世間の批判をかわすため、騙し取った金の一部を返す算段をした。金山開設などという大風呂敷を広げたのだ。それなりに費用も要しただろう。

実際、坑夫は江戸の口入れ屋の斡旋で榛名金山講のある上野国榛名山に向かっている。坑夫たちに穴掘りをさせていたのは事実なのだ。

それらの経費と返金を合わせても相当額を残したいに違いない。それゆえ、宗里ら大名たちには返金を諦めさせ、出資金の多くを占める町人たちには両替屋を向け、証文を買い取らせたのだ。

加えて、お志乃の方へも幾らかの礼金を支払う約束をしているのではないか。

では、次郎右衛門たちにはどう対応するのだ。次郎右衛門によると、今日集まった四人で合計、千両を出しているそうだ。

神崎は次郎右衛門たちに向いた。

「多額のお金を出してくださった、四人のみなさまには、全額を返済致します」

神崎の言葉は四人とも意外であったようで、驚きの声が上がった。次郎右衛門がみなを代表して、

「ありがとうございます」

と、礼を述べたてたが、何か意図があるのではないかという疑いも残っている。

神崎は静かに告げた。

「金は上州榛名山の奥深く榛名金山講の採掘現場にあります。ですので、採掘現場までいらして欲しいのです」

次郎右衛門たちは顔を見合わせ、返事を躊躇っている。

「榛名金山講に千両の金があるというのは、秘匿していた、ということか」

左膳が問い質した。

神崎は左膳を向き、

「滅相(めっそう)もござりませぬ」

まずは強い口調で否定してから、

「今回の騒ぎに心を痛められましたお志乃の方さま並びに御老中高野備前守さまが、拠出(きょしゅつ)してくださるのです。それが集まるのは、今月の二十日でござります」

明瞭(めいりょう)な声音で告げた。

「ほう、それなら、江戸で、そう、ここで千両をこの者たちに返せばいいではないか」

左膳が言うと次郎右衛門たちも期待の籠もった目で神崎を見た。

相変わらず落ち着いたまま神崎は答えた。

「みなさまには榛名金山講が詐欺集団ではないことを御覧になって頂きたいのです」

「では、採掘現場を確認せよ、と申すのだな」

左膳が念押しをすると、

「その通りです」

神崎は答えた。

次いで、

「いかがでございましょう」

神崎は次郎右衛門たちに問いかけた。次郎右衛門たちは協議を始めた。神崎は次郎右衛門たちに心を決めさせるため、

「御老中とお志乃の方さまの好意を無にしないで頂きたい。それに、満額返済はみなさまだけなのです。榛名金山講の落ち度を責めるのはわかりますが、こちらの言い分もお聞きください」

しばらく協議の後、

「わかりました。上州まで行きます」

次郎右衛門が言った。

左膳も同行を求めようとした。

すると、神崎は左膳の心中を察したように、

「来栖殿も御一緒にいかがですか」

と、誘ってくれた。

「わしもよろしいのか」

意外な神崎の申し出を訝しみつつ左膳は確認した。

「榛名金山講に出資してくださったお大名のお一方、大峰能登守さまの代理として榛名金山講をご検分頂きたいのです」

「わしは大峰家を離れておる。能登守さまの代理は務まらぬが……」

「そうおっしゃいますが、能登守さまの使いで高野さまの上屋敷を訪ねられたではありませぬか」

しれっと、神崎は痛いところをついた。

ここで次郎右衛門が、

「我らも御家老……いえ、来栖さまに同道を願えれば心強いです。もちろん、旅費は我らが負担致します」

と、三人を見た。三人も、「お願いします」と頭を下げた。左膳も断る理由はない。

榛名金山講をとっくりと見てやろう。

近藤のことが頭に浮かんだ。

「立ち会いということであれば、北町からも現地に行かせたらどうであろう。訴えに門戸を開いておる北町も今回の一件では骨を折ったのでな」

左膳の提案に神崎は我が意を得たりというように大きくうなずき、

「ならば、来栖殿にお任せ致します。榛名金山講は拒むものではありませぬ」

神崎は受け入れた。

左膳は次郎右衛門たちに同意を得るように視線を向けた。誰も異を唱えなかった。

「来栖殿、お手数ですが、よろしくお願い致します」

慇懃に神崎は挨拶をした。

「ところで、榛名藩高野家中からはどなたか同道なさるのかな」

左膳が確かめると、

「いいえ、いらっしゃいませんな」

神崎は否定した。

「ほう、それは不用心ではござらぬか。千両もの大金を受け取りに行くのですぞ」

「それはご心配に及びませぬ。榛名金山講の用心棒方がみなさまを警固致します」

神崎は濡れ縁の用心棒たちに視線を向けた。

用心棒連中は静かにうなずく。それが、いかにも自信ありげに映った。

次郎右衛門たちは複雑な顔になった。ひょっとして神崎は用心棒たちに自分たちを始末させる気でいるのではないか、と勘繰っているようだ。

「では、当日を楽しみにしております」

神崎は話を締め括った。

が、

「あ、そうそう、大事なことを忘れておりました」

と、思い出したように断りを入れた。

二

左膳や次郎右衛門たちは浮かした腰を落ち着けた。

神崎は一同を見回して話を始めた。

「みなさまもお耳になさっていると存じますが、榛名金山講に関する噂のひとつに山神があります。採掘現場に近づく者は山神の罰が当たる……」

みなを引き留めて話すようなことかと左膳は鼻白んだ。

「金を盗もうとした山賊や金を持ち逃げした坑夫が罰に当たった、と読売で読みました。榛名山の山奥で首や両手、両足を切断された、見るも無残な亡骸が見つかった、と」

次郎右衛門は上目遣いになった。読売の作り話という軽さと、わざわざ神崎が大真面目に言及したことの重みに揺れているようだ。他の三人も同様で、ひそひそと読売に載っていた山神の恐ろしさをやり取りしていた。

敢えて左膳は真顔となり、

「鉱山には祀る神がおわすな。金山彦の神、金山姫の神だ。榛名金山講で罰を下す山神はその二柱の神なのか」

と、神崎に訊いた。

神崎はすまし顔で、

「採掘現場では二柱の神をお祀り申し上げております。しかし、邪なる心を持って採掘現場に近づく者に罰を下すは、金山彦、金山姫の神ではなく、榛名山の鎮守神(ちんじゅがみ)で、大いなる荒神です。情け容赦なく、罰を下されますので、みなさま、邪なる心は捨てて採掘現場に向かわれるよう、お願い致す」

と、左膳を除く一同を見回した。

次郎右衛門たちは視線を落とし、沈黙した。彼らに代わって左膳が質す。

「邪なる心とは何だ。次郎右衛門たちは出仕した金を取り戻しにまいるのだ。邪とは申せまい」

左膳の言葉に次郎右衛門たちは小さくうなずいた。

「むろん、返金を求めるだけであれば、榛名の山神は罰を下しませぬゆえ安堵なされよ」

安心させようと神崎は表情を和らげた。

左膳は問いかけを続けた。

「山神とは、榛名藩、高野家の家臣ではないのか。採掘現場周辺を高野家の家臣が巡回しておると耳にした。山神とは彼らではないのか。つまり、採掘現場に近づく者、はっきり申せば近づいてはまずい者……山賊の類もそうだが、公儀の隠密なども榛名金山講には不都合だな。それらの者を山神の罰という名目で高野家の家臣が斬った、とは勘繰り過ぎかな」

神崎はいささかの動揺も見せず、

「来栖殿のお考えはひとつの解釈と存じます。榛名山に足を踏み入れ、山神の罰が下されないことを願うばかりです」

と、一礼した。

その日の夕刻、左膳は兵部の道場に赴き、榛名金山講本部での神崎伝八郎とのやり取りを話した。道場に隣接する着替えの間で近藤も同席した。

「親父殿、神崎の狙いは見え見えだ。親父殿や次郎右衛門たちを誘い出して殺すのだ。榛名山の山神のせいにしてな。まったく、どっちが罰当たりだよ」

兵部は語調を荒らげた。

「かと申して行かぬ手はない。敵の巣窟の正体を確かめられるのだからな」

左膳の考えに、

「わたしも同じ想いです。一行に加えて頂き、藤堂さんの仇、榛名金山講の悪を暴き立てたいと思います」

近藤は力強く賛同した。

顎を掻き、しばし沈黙の後、

「よし、おれも行く」

と、兵部は言った。

「おまえは招かれておらぬぞ」

左膳が返すと、

「次郎右衛門たちの用心棒だ。次郎右衛門に雇われたことにすればよい。千両もの大金を上州から江戸まで持って帰るのだ。途中、物騒で仕方がないからな」

兵部は答えてから、

「やっとおれの出番が来たのだ。高野家中の者であろうと、榛名山の山神であろうと、刀の錆にしてくれるわ」

と、大いに意気込んだ。

左膳も近藤も兵部の同行を受け入れた。

榛名金山講本部の御堂に井川五郎左衛門と神崎伝八郎、それに村田小四郎が集まった。神崎から左膳と次郎右衛門たちとのやり取りが報告された。

井川が苦笑し、

「来栖左膳、やはり、うるさい男であるな。あ奴には山神は通用せぬと思ったが、ま、それでも構わぬ。のう、村田」

村田は井川からの期待に応えるように、

「まさしく、山神に代わってわが刀で来栖左膳をばらばらにしてやります」

と、眦を決した。

丸顔の細い目が糸のようになり、小太りの身体から湯気が立たんばかりだ。

「頼もしき言葉じゃ。言葉通りの結果を期待する。それで、神崎。口封じすべき者、間違いなく榛名山まで来るであろうな」

井川は神崎に視線を転じた。

「両替屋の証文買い取りに応じない四人の町人と来栖左膳は参ります。もう一人、北町の近藤銀之助なる同心見習い、幸いにして来栖の方から近藤の同行を求めました。渡りに船、と応じたのですが、ひとつ問題があります」

神崎の心配を井川は何だと問い返した。

「北町の定町廻り、河野半兵衛から聞いたのですが、近藤は榛名金山講本部に無断で足を踏み入れたことを咎められ、出仕停止となっております。この際ですから、一緒に始末をつけたいのです」

神崎の危惧を知り、

「よかろう。殿から北の町奉行に近藤の処分を解くよう申し入れて頂く」

井川は応じた。神崎は礼を言い、

「今述べた者たちに加え、用心棒どもも始末したいと存じます」

これには村田が反応した。

「用心棒ども、余計なことをしゃべりそうなのですか」

神崎は顔をしかめ、

「奴ら、大人しくしておったが、榛名金山講が返金に応じる姿勢を見せると、用心棒代の値上げを求めおった。こちらが応じなければ、あることないこと読売にしゃべり倒す、などと脅しまでしおった」

「だから申したのです。素性も知れぬ浪人など雇わなくとも我ら高野家中の者で榛名金山講本部を守る、と」

村田は嘆いた。

「返金騒ぎが起きるまでは、榛名金山講と高野家は無関係としておったではないか。無関係でありながら、高野家の者が用心棒を務めるわけにはゆくまい」

神崎は反論した。

「まあ、それはそうですが」

村田は引き下がった。

「浪人どもも同道させよ。用心棒なのじゃ。そなたの道中の無事を守るのは当然のことじゃ」

井川が命じた。

「承知しました」

神崎が応じたところで、

「よし、浪人ども、餌食にしてやるぞ」

村田は喜色満面となった。

「村田、楽しむのはよいが、抜かるな。物の怪、山神、世の中には真に受ける者もおる。榛名山の荒神の伝承を再現してやれ」

冷然と井川は言った。

「望むところです。拙者は榛名山に籠もり、剣に磨きをかけました。熊を斬り捨てたこともあります。榛名一刀流荒神剣、存分に振るいます」

自信を漲らせ、村田は斬殺の役目を請け負った。

明くる日の昼、近藤は河野から呼び出された。

無人の同心詰所で河野は近藤に、

「出仕停止が解かれたぞ」

と、告げた。

「はあ……」

喜びよりも疑念と警戒心が湧き上がる。

「そなたの働きを御奉行もお認めになられたのじゃ」

榛名金山講が出資金の返金を行い始めた。それが近藤には追い風となったと、河野は説明した。

「恥ずかしいことだが、北町が榛名金山講に及び腰であった時も、そなたは果敢に探索を行った。無謀とも思えた榛名金山講本部に忍び入っての探索も八丁堀同心の心意気を示すものだと御奉行も評価しておられる。むろん、わしもじゃ」

掌を返したような河野の言動に益々、近藤は警戒心を高めた。

それでも、

「今後も榛名金山講の探索、行いたいと存じます。よろしいでしょうか」

と、申し出た。

「うむ、よかろう」

あっさりと河野は認めた。

河野の豹変は魂胆あってのことだろう。榛名金山講からなんらかの働きかけがあったに違いない。

近藤の出仕停止を解いたのは、榛名金山講の採掘現場に行けるようにする措置ではないか。それならそれで望むところである。

「励みます」

近藤は頭を下げた。

「うむ、頼みにしておるぞ。ああ、そうだ。近々にも見習いから正式な定町廻りに取り立てられる」

自分が奉行に推挙したと河野は恩着せがましく言った。

「河野さんの期待に応えられるよう、粉骨砕身臨みます」

近藤は声を励ました。

三

来栖左膳と兵部、それに近藤銀之助が次郎右衛門たち四人の商人と共に高崎宿にやって来たのは山国の秋が深まった長月の二十日である。

高崎宿は中山道、日本橋から十三番目の宿場である。江戸からおよそ三十里、男の足で三日の旅程だ。好天に恵まれたこともあり順調な旅であった。

左膳は次郎右衛門たち町人には高崎宿で待つよう言った。採掘現場に行かなくてもいいのですか、と次郎右衛門は心配したが、

「みな、腹を下した、と言っておく。宿場でくつろいでおれ。金は我らに任せろ」

左膳が言うと、次郎右衛門たちは申し訳ないと言いながらもほっと安堵した。

高崎宿で神崎伝八郎一行と合流した。

彼らは雪に閉ざされる前に採掘現場を見聞せねばと意気込んでいる。左膳や兵部、近藤と同じく、みな陣笠を被り、火事羽織に野袴、打飼を背負っていた。神崎が連れて来たのは榛名金山講本部の用心棒たちだ。

用心棒は菊池、宗川、渡辺、左右田と名乗った。左膳は神崎に次郎右衛門たちが腹を下し、宿で休んでいる、と告げた。神崎は不満そうだったが、時が惜しいと採掘現場に急ぐことになった。

木々が色づくには早いが、風に揺れる野菊に山里の秋を感じつつ、一行は川に沿って連なる山に立ち入ろうとした。

左膳は空を見上げ続けた。他の者も同様だ。

空は分厚い雲に覆われている。

風が強くなり、雲が切れた。

一瞬だが、山影を覆っていた雲が戻って行くような動きをしたと左膳の目に映った。

兵部も近藤も手庇を作って山の上を見ていた。

やがて、雲間から薄日が差したと思うと突如として、

「さあ、入りますぞ」

と、神崎がみなを導いた。

神崎を先頭に、しばらくは熊笹に覆われた山道を進む。緩やかな勾配が続き、梢の間から覗く空はどんよりと曇り、山の稜線が屏風のように連なっている。

程なくして森の中へと踏み入った。

杉や檜（ひのき）が鬱蒼（うっそう）と枝を張り、身の丈程の笹藪（ささやぶ）が道なき道に続く。枯葉が一行の顔に貼り付く。下生え（したば）が足首に絡（から）みつき、地べたを這うように伸びる木の根に近藤が蹴つまづいた。

「大丈夫ですかな。休みますか」

神崎に声をかけられ、

「大丈夫です！」

近藤は大きな声を返し、歩き始めた。

左膳は神崎と共に先頭を並んで歩き、鎌を振るって熊笹を払った。行けども、行けども続く山道に浪人たちから不満の声が上がった。

「おまえたち、採掘現場に行ったことがないようだな」

左膳の指摘に浪人たちは答えなかったが、

「この者らは坑夫でも御師でもありませんからな」

と、神崎が庇った。

すると、

「ああ、そうだ。金を掘るんじゃなくて、銭金を騙し取る片棒担ぎ（かたぼうかつ）だったな」

兵部が嘲笑（ちょうしょう）を浴びせた。浪人の中にはムッと兵部を見返す者もいたが、神崎に制せられた。左膳がみなに向かって、

「今時分だと、冬眠前の蝮（まむし）が出るかもしれぬ。用心せよ」

と、注意を喚起（かんき）した。

「山をよくご存じですな」

神崎が感心する。

「大峰家に仕えておった頃、国許の出羽三山をよく登ったのでな」

左膳が返すと神崎は得心したようにうなずいた。

蝮への注意喚起を左膳にされ、草むらにうずくまろうとした浪人たちが弾かれたように立ち上がる。倒木の上を蝮ではないが、ヤマカガシの斑（まだら）模様の肌がうねった。

黙々と森を進む。山風は冷たいがみな汗ばんできた。背負った打飼が首筋に食い込んでくる。

「まだか」

肩で息をしながら浪人の一人が神崎に問いかけた。

「まだだ」

ぶっきらぼうに返事をすると、神崎は鎌を持った手を左右に振る。

「もう、半分も来たか」

期待を込めて問い返す浪人に、

「まだ、まだぞ」

神崎の無情な答えに浪人たちはため息を吐いたが、

「そう易々と辿り着けるようでは金山の有難みはなかろうさ」

兵部が咎めるように浪人たちを見返した。彼らはむっつりと黙り込み、山歩きを続けた。丈なす笹をかき分け、言葉を発する気力もないままに半時程も変わらぬ景色を進んだところで、瀬音が聞こえてきた。

「一休みといくか」

判断を求めるように神崎が左膳に声をかける。みなの視線を集めた左膳が首を縦に振った。浪人たちから安堵のため息が漏れた。神崎を先頭に笹藪を下ると渓流に至った。流れる水は速く、岩にぶつかって水飛沫を上げている。

浪人たちは先を争うように沢に急ぎ、渇きを癒し始めた。左膳は兵部、近藤と共に、適当な岩に腰を下ろし、

「あとどれくらいだ」

と、神崎に問いかけた。

「もう少し歩くと下りになって、乗越となっていて、そこに大きな石仏がある。昔、偉いお坊さまが山の神さまのお城があるので、立ち入ってはならないと里人に報せるために作ったのだとか」

乗越とは山の鞍部、そこに建つ石仏、いかにも曰がありそうだ。

「石仏から山道を辿れば、採掘場に到着するのだな」

左膳の問いかけに神崎はそうだ、と返した。

渇きを癒した浪人たちは疲労に包まれ、岩場でぐったりとなっている。神崎がしっかりしろと叱咤して歩き回っていた。

「乗越まで、どれくらいで行ける」

兵部が神崎に問いかけた。

「ここから乗越までは半時もあれば行ける」

無表情で神崎は答えた。

左膳は立ち上がり、渓流の水を飲むと兵部と近藤に出発を告げた。

「夕暮れまでに採掘場に繋がる石仏まで行く。さあ、行くぞ」

神崎に督励され、浪人たちは重い腰を上げた。

下りといっても、上りと下りを繰り返すうねうねとした山道とあって浪人たちの間から不満の声が上がる。神崎は浪人たちの文句を無視して歩き続ける。歩みを止めては動くことができなくなると己を励ました。

遠くで山鳩の鳴く声が聞こえる。

衝立（ついたて）のように連なった山々がぼんやりと夕闇に霞（かす）んだ頃、ようやく山を下り終えた。

眼前に身の丈、数十尺（しゃく）はあろうかという巨大な石仏が立っている。石仏の背後には黒々とした樹木に覆われた山が聳（そび）えていた。丸餅のような形だ。荒ぶる山の神の城があるとは思えないたおやかさで、神崎は両手を合わせた。

「今夜はここで野宿し、明日の払暁（ふつぎょう）に発つ」

神崎が言うと、左膳たちは無言で山を見上げ続けた。

その晩、不意に左膳は目覚めた。

身体を起こすと、星空が広がっている。梟（ふくろう）の鳴き声が静寂を際立たせる山間の夜だが、何故か胸騒ぎがする。

平らな山道に火事羽織をかけて横たわる兵部を見る。兵部はもぞもぞと身体を動かしたと思うとむっくりと半身を起こした。左膳が浪人たちを見回し、二人がいないと言った。

菊池と宗川である。

「用を足しておるのかもしれんぞ」

兵部は眠気眼(まなこ)をこすりながらあくび混じりに答えた。兵部の言葉を受け入れ、しばらく待つが、二人は帰ってこない。

すると、神崎も目を覚ました。

左膳から菊池と宗川がいない、と聞いて不安を抱いたようだ。眠りこけている渡辺と左右田を起こし、菊池と宗川が居なくなったことを告げる。

「山を上ったのかもしれんぞ」

と推測した神崎の顔には、無謀なことをしたものだと書いてある。

菊池と宗川が山に入ったのかどうかはわからない。恐怖に駆られて引き返したとも考えられる。それでも、山を上ってみよう、と左膳は思った。出立(しゅったつ)が早まったと思えばいい。幸い、星が瞬き、神崎に先導されれば、山道を進んでも迷いはしまい。

神崎も賛同し、一行は山に分け入った。

しばらくなだらかな勾配が続き、ぶなやくぬぎが生い茂る森へと入った。夜風に木々の枝がしなり、闇に夜目が慣れても不気味だ。樹間から差し込む月光が周囲をほの白く、そして妖しく浮かび上がらせていた。

と、

「うわあ！」

やおら、神崎の悲鳴が静寂を切り裂いた。

神崎が指さす一角に化け物が立っている……。

いや、そんなはずはないと左膳は目を凝らした。

果たして、巨人が両手を広げたような高木であった。神崎は悲鳴を上げたことを恥じ入るように舌打ちをし、咳払いをした。すると、神崎の首筋が赤く染まる。

神崎もそのことに気づき首筋に指をやり、そっとふき取った。

左膳が神崎の頭上を見た。

同時に渡辺と左右田も一斉に顔を上げた。

「おお」

「な、なんだ」

渡辺と左右田が激しく動揺した。

夜空に屹立する巨木、両手を伸ばしたような枝の上に菊池と宗川の生首がぶら下がっている。元結が切られ、ざんばらとなった自身の髪で枝に縛られていた。

みな、言葉を失い立ち尽くしていると山風が強まり、二つの生首が左右に揺れた。

物言わぬ菊池と宗川が悲惨な最期を嘆き悲しんでいるようだ。

神崎が両手を合わせ、経を唱え始めた。渡辺と左右田も二人の冥福を祈る。

「驚いたな」

兵部がため息を吐いた。

読経を終えた神崎が、

「何者の仕業だ」

と、歯嚙みをした。

次いで、

「これは……やはり、榛名山の山神のお怒りに触れたのではないか」

と身震いをした。

「そんなはずはない。首を見ろ。刃物で斬り落とされているぞ。山の神が刃物を使うものか」

兵部は吐き捨てた。

「わからんぞ。山の神は案外、我らと変わらぬ形をしておられるかもしれぬ。あるいは、人の形になって菊池氏と宗川氏の前にお姿を現したのかもな。ま、下手人探しより、まずは二人の身体だ。二人の身体を探そう」

神崎は周辺に視線を這わせた。

みな、ばらばらに散って二人の身体を探した。

神崎が茂みの中に入ると、数人の男たちが近づいた。

「村田、よい働きだな」

神崎は褒め上げた。

村田小四郎が率いる榛名藩高野家の家臣だ。藤堂を殺し、左膳を襲った者たちである。

「二人の浪人、小用に立ったところに声をかけてやりました。森の奥の沢に砂金がある。取るのを手伝ってくれれば山分けにする、と言ってやったらほいほいついて来ました」

馬鹿な奴らだ、と村田は嘲笑を放った。

森に入ったところで、村田は四人に浪人を囲ませ、「榛名一刀流荒神剣」を振るった。

まず、脛を掃い斬りにし、地べたに倒れる前に両手両足を切断、最後に首を刎ねた。

瞬きする間もない程の早業であった。

村田の報告を受け、

「来栖左膳、山神の仕業とは思わないだろうが、恐れを抱いたのは確かだ」

神崎が返すと、

「必ず、仕留めます。しかも、恐怖におののかせながら、命を奪ってやります。全身をばらばらにして」

村田はにんまりとした。

丸い顔の細い目が糸のようになったが、愛嬌の欠片もないどころか悪鬼の形相となっていた。

「町人どもは腹を下した、とかで高崎の宿場におる。来栖らの始末をつけたらまとめて口を塞いでやれ」

苦々しそうに神崎は命じた。

程なくして、繁みの中に二人の胴体と両手、両足が見つかった。首も手足も鋭利な刃物ですっぱりと切り取られていることがわかった。胴に傷はない。

「いきなり、刀で首を落とすことはあるまい。鎌で切られたのかもな」

兵部の見立てに近藤は息を呑んだ。渡辺と左右田は森の奥を見通すように眉間に皺を刻む。

「ここらの樵(きこり)の仕業であろうかのう。山を踏み荒らされたと怒っておるのかもしれぬぞ」

兵部の考えを受け、

「繰り返すが、山神さまの仕業、と申したらお笑いになるだろうな」

神崎は真顔で言った。

「そんなはず、あるまいよ」

言下に兵部は否定し、渡辺と左右田に賛同を求めたが、山の不気味さと二人の無残な亡骸を目の当たりにしたゆえか、言葉を発することはできない。

それにしても、菊池と宗川、どうして山に入ったのだろう、と左膳は思った。抜け駆けを狙ったのか。とすれば自業自得というものだが、どうも腑(ふ)に落ちない。

「さて、ひと眠りするか、それともこのまま進むか……」

左膳は神崎に判断を委ねた。

「行きましょうぞ」

神崎が決断すると、

「そうだ、行くべし」

覚悟を決めたように渡辺が応じ、

「今更、眠れぬ」

左右田も渋々賛成した。

紫紺の空が白んできた。

神崎の案内で一行は夜が明けぬ間に出発をし、採掘場を目指した。

いつ途切れるとも知れぬ鬱蒼とした樹間を進むと、みなの顔には不安ばかりが交錯し、陽気な兵部ですらも口数が少なくなる。渡辺と左右田は恐怖に寝不足による疲労の色が加わっている。だが、文句を言う者はいない。不平、不満を抱いていないわけではなく、言葉を発する気力も起きないようだ。

あと四半時も歩くと、空は乳白色に染まりはじめる。あちらこちらから鳥の囀りが聞こえてくるはずだ。

「ここを抜けると峠道になる。峠を越えれば採掘場はすぐだ。峠は登りが続く、今のうちに休もう」

神崎の提案を、

「そうするか」

左膳は受け入れ、兵部に休憩しようと持ちかけた。

兵部も応じ、

「よし、しばし休むぞ」

と、神崎は渡辺と左右田に命じたものの、何が気になるのか、二人を連れて森の中へと入って行った。


村田が待っていた。

渡辺と左右田は怪訝な顔で村田を見返す。村田は黙って抜刀した。悪鬼の形相となった村田に恐怖心を覚え、左右田は迷わず逃げ出した。

逃げ遅れた渡辺はやむなく刀を抜いた。

村田は一陣の風のように間合いを詰め、渡辺が構える前に、脛を掃った。悲鳴と血潮が飛び散り、渡辺は前のめりに倒れてゆく。

一歩踏み出した村田が下段から斬り上げ、渡辺の右腕を切断し、返す刀で斬り下げて左腕も切り飛ばした。両足も同様に……。

その直後、地べたに倒れ伏す渡辺の首を落とした。

そこへ四人が、逃亡した左右田を連れて来た。左右田は恐怖のあまり人と思えない叫び声を上げた。四人は村田に左右田の始末を任せた。

しばし時が過ぎ、森から大きな音が聞こえた。何やら獣が咆哮(ほうこう)しているようだ。左膳と兵部、近藤も身構え森を見る。

「おい」

森の中に左膳は声をかけた。

返事はない。

「おい、神崎氏」

今度は兵部が声を高め神崎を呼ばわった。山間に兵部の声が木霊(こだま)する。

それでも返事はなく左膳は近藤を見た。

「榛名山の山神が怒っておるのでしょうか」

近藤が言うと兵部は笑い声を上げたが、すぐに真顔になった。

左膳は森の中に入ろうとした。

すると、

「大変だ」

神崎が血相を変えて走って来る。全身が血に染まっていた。

「いかがした」

兵部も声を上ずらせた。

「化け物だ。化け物が、渡辺と左右田を……」

神崎は恐怖に身をすくませた。

「どんな、化け物だ」

左膳が問いかけると、

「全身、毛に覆われていた。身の丈が大きくて、動きが素早い。木と木の間を飛び、鋭い爪を持っている。翼を持った熊のようだ。おそらくは鷲熊（わしくま）……」

恐怖におののきながら神崎は報告した。

「鷲熊とはなんだ。山神に仕える化け物なのか」

兵部は詰問（きつもん）口調で問い質した。

「そうだ。熊と鷲が一つになった、恐ろしい獣だ」

大真面目に神崎は答えた。

すると、

「わしも鶴岡藩の国許で山林奉行を務めておった頃、樵どもから聞いたことがある。杉の木の伐採が遅々として進まぬことを咎めると樵どもは鷲熊が出るから山には入れないと申しおった。その時は怠(なま)けるための嘘だと思ったがな」

左膳は言った。

「それは怖そうだな」

言いながらも兵部は恐怖心よりも好奇心が勝っている。

そんな化け物が棲息(せいそく)しているのなら、この目で確かめたい、と左膳も思った。どうせ、恐怖に駆られた神崎の見間違いか、榛名藩の者たちの仕業ではないか。

榛名藩の村田あたりが、自分たちを狙っている。神崎が採掘現場確認という名目で左膳たち邪魔者を誘い出し、まずは浪人を始末した、と考えるのが妥当であろう。

兵部は手をこすり合わせ、

「さあ、神崎氏、鷲熊の居所までご案内頂きましょうか」

「やめておくべきじゃ」

神崎は拒絶するように右手を振った。

「おや、神崎氏はお仲間を鷲熊とやらの化け物に食われて怖気(おじけ)づいてしまわれたんですか」

武士としての誇りを傷つけられるが如き、兵部の物言いに神崎も引くことができず、

「わかった、案内致そう。だがな、我ら鷲熊に食われてしまって採掘現場に行けなくなっても知らぬぞ」

神崎は憮然と返した。

「ならば、行くぞ」

兵部が足を向けようとしたのを神崎は引き止め、

「来栖殿、お国の樵は鷲熊の弱味を知っておりませんでしたか」

と、左膳に問いかけた。

「さて、聞いておりませぬな」

左膳が否定すると、

「では、嫌がるものでもよい。獣にはな、生まれ持って苦手というものがある。苦手なものを避けながら生きているものだ」

「弱みではないが、鷲熊は夜にしか出ないと申しておったな」

左膳が返すと、

「ということは、日輪(にちりん)が苦手ということか」

兵部が得心したようにうなずいた。

神崎の表情が緩んだ。

「まもなく、夜明けだ。夜明けになってから、森の中に踏み込めば鷲熊に襲われることはないですぞ」

神崎の考えを左膳が受け入れた。

村田たちが潜んでいた場合、朝を待った方が不意打ちを避けられる。

朝日が降り注ぎ、神崎を先頭に森の中へ入って行った。

枝を払い進むうちに次第に神崎の顔が引き攣る。渡辺と左右田が鷲熊に襲われた場所が近いことを告げていた。

すると、

「あれだ」

神崎は樹々の間を指差したものの、顔はそむけている。

「これは酷(ひど)いな」

左膳が言ったように、二つの亡骸は宗川と菊池同様に首と両手両足が切断されていた。

左膳の脳裏に村田小四郎の太刀筋が浮かんだ。左膳を襲撃した時、村田は左膳の足を狙ってきた。大刀で足を掃うが刀でやるとは武士らしくはない剣法だと思ったものだ。やはり、村田の仕業ではないのか。

それなら、却ってよい。敵もそうだが、この山奥であるなら、真剣勝負ができる。

「鷲熊、おそるべしだ」

兵部が余裕を見せているのは、燦燦と降り注ぐ日の光ゆえだ。草の香に血の臭いが混じりあい、秋の日に照らされた渡辺と左右田の亡骸にみなは両手を合わせた。ひとしきり冥福を祈ってから、

「さあ、行くか」

と、神崎を促した。

神崎に先導されて、峠道に出た。

思ったよりも勾配がきつくはなく、天候に恵まれたこともあって、随分と歩きやすくなった。はるか遠く連なる峰々の頂に降った雪が目に眩しく映り、烈風に身を屈ませるも、迷う心配はない。視界が広がり、山神の怒りに触れることもないだろう。

峠の頂に着くと下りは九十九折りとなっていた。岩肌が剥き出しとなり、一方は濃い樹木に覆われている。

「峠を越えれば楽だ」

兵部はつい軽口を叩いた。近藤の表情も和らいでいる。

と、やがて道祖神(どうそじん)が見えてきた。

神崎はその前に跪(ひざまず)き両手を合わせる。左膳と兵部、近藤も神崎に倣って道祖神を拝んだ。道祖神を真ん中に道は二つに分かれていた。左は上り、右は下りである。神崎は立ち上がると下りの道を進んだ。兵部が下りで助かったと言ったが、

「戻りは上りだぞ」

左膳が水を差すと、兵部は不快そうにふんと鼻を鳴らした。

神崎につき、下りの道を進む。

やがて、凄まじい水の音が聞こえてきた。

身の丈程に生い茂る笹をかき分け、

「神さまの滝だ」

神崎が告げた。

兵部は笹の葉をかき分ける。

やがて、満々たる水量の瀑布(ばくふ)が見えてきた。激しい水飛沫が上がり、滝壺には虹がかかっている。

「山神さまに失礼がないよう、身を清めねば」

明快な口調で神崎は言うや自らも着物を脱ぎ捨て下帯(したおび)一つの裸体となった。

「わかった。我らも身を清めよう」

左膳も着物を脱いだ。しかし、兵部と近藤は躊躇っている。

「さあ、あんたらも」

強く神崎は勧めた。

「おれはいい」

兵部は躊躇った。

「そういうわけにはいかん。郷(ごう)に入れば郷に従え。ましてや、山の神の領域に入ったのだ。貴殿らが身を清めないばかりにわたしにまで山の神の怒りを蒙(こうむ)ってはかなわん」

神崎は兵部と近藤を強い眼差しで見た。兵部は舌打ちをして、

「わかった」

と、着物を乱暴に脱ぎ捨てた。

「さあ、滝に打たれるぞ」

神崎は滝壺へと向かった。左膳と兵部や近藤も続く。滝壺の水に足を浸した途端に脳天にまで冷気が奔った。

「冷たいのう」

陽気に兵部は笑顔を弾けさせたが、神崎はしかめっ面のまま滝壺を進む。

しばらく滝に打たれた。ただただ、水の勢いと寒気を耐え忍んだ。やがて、神崎の声で滝行は終わった。

神崎は滝壺を出て着物を身に着けた。

左膳たちも急いで着物を着る。全身、鳥肌が立っていたが、ぽかぽかとしてもきた。

空は青く澄み渡り、鰯雲が流れている。

やがて、岩場に鳥居が見えた。鳥居といっても、二本の木に注連縄が張ってあるだけの粗末なものだ。鳥居の向こうは本殿や拝殿もなく、巨石が二つ並んでいるだけだ。どうやら巨石は磐座ということだろう。磐座の背後には穴がくり貫かれた山が聳えていた。

穴は坑道、ここが榛名金山講の採掘現場であろう。金脈を掘り当てられず、閉山しているため、人気はなく真っ暗闇が広がるばかりだ。

神崎は鳥居の前で柏手を打つ。

山にかかっていた鰯雲がゆっくりと彼方に流れてゆく。

「あれが、採掘現場だな」

兵部は神崎の返事を待たず駆け出した。左膳と近藤も続く。

坑道の出入り口に達したところで、暗闇の中から人影が飛び出して来た。その数、十人程である。

先頭は村田小四郎だ。

彼らは左膳たちを囲んだ。

「姿を現したな、山神。いや、山神の手下、鷲熊か」

兵部は大音声(だいおんじょう)を発し、刀を抜き、大上段に構えた。

六尺近い兵部は敵味方の中にあっても頭ひとつ出ている。そんな兵部が大刀を頭上に翳すと、兵部こそが山神のようだ。

村田は一歩前に出ると、

「来栖左膳、勝負だ！」

と、左膳を睨んだ。

「よかろう」

左膳は応じ、大刀を抜いた。

「そなたら、手出しするな。あのでかい男を斬れ」

村田は侍たちに命じた。

「でかくて悪かったな」

兵部は近藤と共に左膳から離れた。侍たちが金魚の糞のようについて来た。

「一、二、三……」

声を出して兵部は敵の人数を数えた。

「たったの十人か。舐められたもんだな。おまえら、後悔するぞ」

不満そうに吐き捨てると兵部は後ずさり、振り向き様、目の前の敵の肩を斬り下げた。血飛沫を上げながら敵が倒れる。

背後の敵を斬り倒すという兵部の予想外の動きに侍たちは浮足立った。兵部は相手が体勢を整える余裕を与えず、大刀を左右に振る。

前方の敵、二人の大刀が弾け飛ぶ。大刀を失い恐怖におののく彼らの鎖骨に兵部は峰打ちを放った。二人が倒れ伏す前に左膳は右の敵に斬りかかり、刃を交える隙も与えず掃い斬りを仕掛けた。

峰が敵の顔面を直撃し、鈍い音と共に頬骨が砕けた。

敵は及び腰となり後ずさってゆく。

「だから言っただろう。十人じゃ少な過ぎるんだよ。勇気ある者、かかって来い！」

兵部は呵々大笑した。

侮辱されながらも敵は攻撃を仕掛けない。

鬼神の如き兵部の活躍に後押しされるように近藤も大刀を抜き、敵に斬りかかった。

敵は兵部に威圧され逃げ惑う。

「逃げるか」

兵部が怒鳴ると敵は坑道へ逃げ込んだ。

「卑怯ものめ」

兵部は追いかけようとしたが、

「兵部殿、罠(わな)です」

と、近藤に呼び止められた。

「心配には及ばぬ」

兵部は坑道へ向かおうとした。

が、近藤に袖を摑まれた。

「危のうござります」

真摯(しんし)な目で近藤は訴えかけた。

左膳は村田と対峙した。

村田は大刀を下段に構え、脛掃いを仕掛けようとした。

村田の攻撃を迎え撃つことなく、左膳は横に走った。

逃すものかと村田は伴走した。

岩場とあり、左膳の走りは鈍る。一方、村田は手慣れたもので、却って生き生きとした動きになっている。

たちどころに、間合いを詰められ、村田の脛掃いが襲ってきた。

後ずさり、かろうじて刃を避けたが野袴の脛の部分が寸断され、左膳の脛から血が迸った。

村田はにやりとした。丸顔の細い目が糸のようになり、悪鬼の形相となる。

勝利を確信したようだ。

大刀を下段に構え直すと、村田はすり足で迫ってくる。

村田が放つ脛掃いの残像が左膳の脳裏に浮かび上がる。

迫りくる脛掃いの太刀筋は残像とわずかにずれている。ずれは村田の気負いであろう。

咄嗟に左膳は仰向けに倒れた。

受け身を取り、後頭部を守ったが、背中が岩に衝突し、激痛が走る。

「足がもつれるとは鍛錬不足だぞ」

村田は嬉々として左膳を見下ろすと大刀を逆手に持ち、左膳を串刺しにしようとした。

「自分の技を捨てたか！」

左膳は怒声を浴びせた。

村田の目が吊り上がり、動きが止まった。

すかさず、左膳は仰向けのまま来栖天心流剛直一本突きを繰り出した。

切っ先が村田の咽喉を貫き、口からどす黒い血が溢れ出た。

左膳は起き上がり、村田の首から大刀を抜き取った。村田は驚愕の表情を浮かべ、どうと岩場に倒れた。


兵部は近藤と押し問答を続けていた。

すると、坑道の暗闇から爆音が聞こえた。まるで火山が噴火したようだ。故意か事故かは不明だが、坑道の中で火薬が爆発したようだ。

兵部と近藤は岩場に伏せた。

鳥居が揺れた。

鳥居ばかりではない。地鳴りがし、磐座も動き出した。

「山神の怒りか」

兵部は冷笑を放った。

振動は激しくなり、ついには磐座が転がり、鳥居が倒れた。土埃が舞い、神崎が必死で逃れようとした。

近藤は立ち上がり、神崎を追いかける。

近藤も神崎も転倒を繰り返したが、ついに近藤が神崎を捕らえた。

近藤は腰の十手を抜き神崎を打ち据えた。

それは藤堂正二郎の十手であった。

榛名金山講の詐欺行為は白日(はくじつ)の下(もと)に晒された。江戸家老井川五郎左衛門は切腹、榛名藩主高野備前守昌盛は老中を罷免され、高野家は減封(げんぽう)処分となった。騙し取られた金は高野家が支払うという。

お志乃の方は出家し、尼寺に入るそうだ。

神無月(かんなづき)三日の夕暮れ、左膳は小春で近藤銀之助と一献傾けた。焼いた鮭の塩引き、椎茸と里芋、もちろんおからも肴に用意された。

近藤は神崎捕縛の手柄により、定町廻りに加わった。

河野半兵衛は榛名金山講から賄賂を受け取っていたことが発覚して、同心を辞した。

「来栖殿のお陰です」

近藤は丁寧にお辞儀をした。

「違う、近藤殿の努力だ。上役の妨害にも屈せず、信念を貫いた成果だ」

左膳は近藤を見返した。

「藤堂さんの志を受け継いだまでです」

謙虚に近藤は返した。

「藤堂殿の志を貫き、立派な同心になってくれ」

微笑みながら左膳が語りかけたところで、春代が徳利に入った燗酒を出した。杯は二つだ。

「甘酒でなくともよいのか」

左膳は近藤に確かめた。

「定町廻りになりましたので……」

恥ずかしそうに近藤は答えた。

春代が徳利から近藤の杯に酒を注いだ。左膳も杯で春代のお酌を受けた。

左膳と近藤は藤堂正二郎に献杯(けんぱい)をした。

窓から覗く茜(あかね)空に虹が架かった。左膳は藤堂と酒を酌み交わした日々を思い出した。

二見時代小説文庫

山神討ち　罷免家老 世直し帖 4

二〇二二年　八　月二十五日　初版発行

著者　瓜生颯太

発行所　株式会社　二見書房
〒一〇一-八四〇五
東京都千代田区神田三崎町二-一八-一一
電話　〇三-三五一五-二三一一［営業］
〇三-三五一五-二三一三［編集］
振替　〇〇一七〇-四-二六三九

印刷　株式会社　堀内印刷所
製本　株式会社　村上製本所

落丁・乱丁本はお取り替えいたします。定価は、カバーに表示してあります。

ISBN978-4-576-22109-0
https://www.futami.co.jp/

麻倉一矢

剣客大名 柳生俊平 シリーズ

以下続刊

① 剣客大名 柳生俊平（としひら） 将軍の影目付
② 赤鬚の乱
③ 海賊大名
④ 女弁慶
⑤ 象耳（ぞうみみ）公方
⑥ 御前試合
⑦ 将軍の秘姫（ひめ）
⑧ 抜け荷大名
⑨ 黄金の市
⑩ 御三卿（ごさんきょう）の乱
⑪ 尾張の虎
⑫ 百万石の賭け
⑬ 陰富大名
⑭ 琉球の舞姫
⑮ 愉悦の大橋
⑯ 龍王の譜
⑰ カピタンの銃
⑱ 浮世絵の女
⑲ 八咫烏（やたがらす）の罠

徳川家御一門である久松松平家の越後高田藩主の十一男は将軍家剣術指南役の柳生家一万石の第六代藩主となった。実在の大名の痛快な物語！

倉阪鬼一郎

小料理のどか屋人情帖 シリーズ

剣を包丁に持ち替えた市井の料理人・時吉。
のどか屋の小料理が人々の心をほっこり温める。

①人生の一椀
②倖せの一膳
③結び豆腐
④手毬寿司
⑤雪花菜飯（きらずめし）
⑥面影汁
⑦命のたれ
⑧夢のれん
⑨味の船
⑩希望粥（のぞみがゆ）
⑪心あかり
⑫江戸は負けず
⑬ほっこり宿
⑭江戸前 祝い膳
⑮ここで生きる
⑯天保つむぎ糸
⑰ほまれの指
⑱走れ、千吉
⑲京なさけ
⑳きずな酒
㉑あっぱれ街道
㉒江戸ねこ日和
㉓兄さんの味
㉔風は西から
㉕千吉の初恋
㉖親子の十手
㉗十五の花板（はないた）
㉘風の二代目
㉙若おかみの夏
㉚新春新婚（にいめとり）
㉛江戸早指南（はやしなん）
㉜幸（さち）くらべ
㉝三代目誕生
㉞料理春秋
㉟潮来（いたこ）舟唄

氷月 葵

神田のっぴき横丁 シリーズ

以下続刊

①神田のっぴき横丁1 殿様の家出

次は勘定奉行か町奉行と目される三千石の大身旗本真木登一郎、四十七歳。ある日突如、隠居を宣言、家督を長男に譲って家を出るという。いったい城中で何があったのか？ 隠居が暮らす下屋敷は、神田のっぴき横丁に借りた二階屋。のっぴきならない人たちが〈よろず相談〉に訪れる横丁には心あたたまる話があふれ、なかには〝大事件〟につながることも……。心があたたかくなる！ 新シリーズ第1弾！